Rizzoli la scala

Rosetta Loy

La prima mano

Parrotti Graziella
N 1947 Castelvetro MO

Rizzoli

ISBN 978-88-17-03036-6

Prima edizione: aprile 2009

La prima mano

A Colette Fellous, perché senza di lei questo
libro non sarebbe mai stato scritto.

Che può un padre con una figlia cocciuta fino all'inverosimile? Je desarme, aveva detto il tassista quando durante il viaggio di nozze a Parigi loro volevano andare a vedere la Malmaison. Je desarme, e aveva bloccato l'auto: esigeva che gli venisse pagata la corsa fino lì prima di affrontare il lungo tragitto fino alla casa di Napoleone, diffidente verso quei due italiani. «Je desarme!» aveva finito per urlare, loro non capivano cosa diavolo volesse...

Partiamo dalla bambina davanti alla casa di Mirabello su un'automobilina di ferro. Forse rossa? Mi sembra di ricordare rossa.

È con lei Gina, anche se in questa fotografia non si vede. Ma in un'altra sì, ha un grembiule bianco e sorride.

O partiamo ancora prima, da quel colpo di rivoltella che deflagra fra le pareti dell'ufficio di via Flaminia e riecheggia da una stanza all'altra, rimbalza sulle scrivanie dove si levano come giunchi le lampade dal paralume di opaline verde. A far partire quel colpo è un signore di quarantadue anni alto, magrissimo, impeccabile nel vestito grigio e il colletto duro. Camicie sempre rigorosamente bianche, e sempre di seta. Una devastante alopecia, dovuta probabilmente alla tensione di non mollare mai, neanche nei momenti più difficili, gli ha portato via a ventitré anni tutti i capelli. Lui non si è lasciato vincere dallo sgomento e si è fatto fare una parrucca, anzi due, non si sa mai, a cui nel tempo aggiungerà dei fili bianchi. Ed è capace perfino di ironizzare su quel posticcio biondo in testa.

Adesso però è innamorato e, come per tutte le passioni nella sua vita, anche questa volta non esistono ostacoli che possano vederlo perdente. Sono anni che la ragazza bruna dai lineamenti delicati e il corpo "con tutte le curve al posto giusto" gli ha infuocato i sensi. E insieme ai sensi, il cuore: povera, orfana e sempre diligente sul lavoro. E anche brava, sì, molto, nel trascrivere le lettere in una elegante calligrafia o incolonnare le cifre riportando in fondo la somma esatta. Prima di Lei c'erano solo uomini in ufficio, mai si era visto un volto femminile entrare al mattino sorridente e fresco di vento, i capelli gonfi raccolti morbidi sulla nuca mentre appende il soprabito all'attaccapanni dell'ingresso. Immediatamente oggetto di desiderio da parte di tutti gli impiegati.

Nel giro di un paio d'anni l'affiancherà la signorina De Pediis, ma al suo confronto resterà come quei teloni dipinti in fondo alla scena.

Al botto di quel colpo di pistola tutte le porte si sono spalancate e sono arrivati correndo ingegneri, contabili, uscieri: Aiuto, aiuto... (*Hilfe, Hilfe grida Paulinchen con le braccia alzate, inseguita da lingue di fuoco.*) La pallottola, per fortuna, è andata a conficcarsi nella coroncina di stucco intorno al lume del soffitto: Lui non ha perso la calma. Voleva, dice, solo verificare l'efficienza di quella Smith & Wesson che gli fuma ancora fra le mani. Ma accanto agli ingegneri, i contabili, gli uscieri, alla attonita signorina De Pediis, Lei non c'è. Da oltre un mese ha lasciato Roma per trasferirsi segretamente a Torino in casa di una cugina del futuro sposo, nell'attesa di poterne presto condividere il cognome. Un cognome prestigioso che campeggia a grandi lettere sui cantieri dal nord al sud d'Italia: ponti, strade e invasi in cemento armato programmati dal nuovo Stato Fascista. Ma anche sulle impalcature dei nuovi palazzi in costruzione in via Flaminia e sul Lungotevere.

La pistola è un acquisto molto recente e adesso sarebbe anche utile imparare ad usarla perché esiste un precedente fidanzato. Un meridionale giovane e focoso, poco disposto a lasciare libero il campo. Durante il lungo periodo in cui Lui aspettava a dichiararsi per via della madre le cui origini risalivano al crociato Palamede, contraria a qualsiasi forma di *mésalliance*, questo fidanzato ha fantasticato a lungo insieme alla bella ragazza bruna su un futuro di coniugale trasporto. Ma adesso che la madre tanto amata, dopo una malattia atroce che si è protratta per mesi, riposa nella cappella di famiglia vegliata da un candido angelo marmoreo, trascorso il periodo di lutto stretto, Lui ha aperto il suo cuore alla ragazza con "le dolci curve tutte al posto giusto". Che se ha perso la grazia stupefatta dei diciottanni, quando arrivava trafelata ad appendere il soprabito all'attaccapanni, ha in compenso piena consapevolezza della sua seduzione. Un cuore potente, ricco, con il carisma del successo. E Lei non ha saputo resistere.

Che poteva il focoso meridionale?... Cieco di rabbia ha incominciato a braccare l'ex-fidanzata ovunque sperava di scorgerne i vaporosi capelli che sfuggono in riccioli sulla nuca, le belle gambe slanciate, agili sui tacchi. E quando ha capito che Lei a Roma non c'era più, ha cominciato a braccare l'usurpatore.

Fino ad appostarsi alla stazione con il cappello messo minacciosamente all'indietro aspettando il rivale che deve scendere dal treno in arrivo da Torino. Ma Lui non si è scomposto e gli è passato da-

vanti senza neanche sfiorarlo con lo sguardo, l'impeccabile completo grigio e il *nécessaire* di coccodrillo in mano. Alla fine l'ex-fidanzato gli ha mandato un biglietto: La vendetta sarà atroce.

È stato allora che in Questura gli hanno consigliato l'acquisto di una pistola: non si preoccupi, ingegnere, al porto d'armi ci pensiamo noi, lei impari subito ad usarla.

Il risultato è stato quel colpo che ha fatto mancare il fiato alla pallida signorina De Pediis agli impiegati e agli uscieri, a quanti avevano avuto sentore di quella bellicosa minaccia.

Le solite sbruffonate dei meridionali!

Tutto si era poi risolto come quei falsi nodi che una volta tirato lo spago, in un attimo si disfano. Anche se il matrimonio per prudenza lo avevano celebrato a Torino e i testimoni avevano preteso che non ne venisse scattata neanche una fotografia. Né in chiesa e nemmeno più tardi alla firma in Municipio.

È il 1926 e il Concordato che renderà il matrimonio religioso valido anche per lo Stato, è di là da venire. Pochissimi gli invitati e solo i parenti stretti. Tutti timorosi della *vendetta atroce*. Lei indossa un abito grigio perla, così si racconta. E dopo due giorni sulla Riviera Ligure hanno preso il wagon-lit per Parigi. È maggio e agli angoli dei boulevards vendono mazzetti di lillà, loro sono felici, in una fotografia Lei sorride seduta come una ragazza sullo schienale di una panchina, le belle gambe incrociate. In un'altra scende da un tassì mentre Lui le regge la mano e si guardano radiosi. Gli episodi che costellano quel viaggio verranno ricordati per anni, diventeranno mito e cifrario della Felicità Coniugale: il Grand Hôtel, l'Opéra, la Malmaison. Ma a Parigi insieme non torneranno mai più.

Io sono la loro quarta figlia. Prima un maschio biondo con gli occhi azzurri che è l'orgoglio di mio padre e l'amore assoluto di mia madre, poi subito tre femmine una di seguito all'altra. Io arrivo probabilmente per uno scarto imprevisto del binario mestruale. Quando la mamma se ne accorge è in villeggiatura in montagna, e spaventatissima da una quarta gravidanza in quattro anni, comincia a farsi scarrozzare su e giù per i tornanti di Ala di Stura dal giovane autista Peppino, spericolato al volante, nella speranza che tutti quei sobbalzi stacchino dalla sua sede naturale il piccolo embrione che mi rappresenta.

Ma io sono rimasta saldamente attaccata alle sue

viscere. Non ci sono stati sassi né buche sufficienti a sloggiarmi. Il maggio seguente, nella così detta "camera rossa" foderata per la circostanza di lenzuoli bianchi, il professor Rubbiani rimane seduto dal pomeriggio del lunedì fino alle quattro e mezzo del mattino di martedì accanto al letto dove la mamma si lamenta per le fitte spaventose che le spezzano le reni. Mio padre aspetta fuori, fiducioso che questa volta arriverà finalmente un altro maschio.

Alle prime luci dell'alba, mentre l'ostetrica mi lava e mi avvolge nelle fasce, il professor Rubbiani è costretto a tirare fuori la placenta con le mani. Un dolore atroce (e un lembo rimasto all'interno provocherà una febbre altissima). Più tardi nella mattinata mio padre si è accasciato affranto nella poltrona lasciata libera dal professore andato finalmente a dormire. «Che hai? Che ti succede» lei ha chiesto con un filo di voce. «La terza femmina!...» ha risposto con un sospiro: il suo sogno di avere tutti figli maschi, magari anche dodici, è finito per sempre. E quando l'ostetrica con un bel sorriso mi depone fra le braccia della mamma, i radi capelli chiari ben ravviati sul cranio, lei comincia a piangere: nella piccola faccina raggrinzita vede (o li avevo veramente?) un occhio più grande e uno più piccolo.

I nomi delle due nonne sono già stati usati per le mie sorelle, così al fonte battesimale mi viene dato il nome della sorella di papà che la mamma detesta e da cui è a sua volta cordialmente detestata.

Come esordio non c'è male. Subito viene cercata una balia. Con il criterio che gioventù è salute, la scelta cade su una ragazza di un paesino sperduto dell'alto Lazio, Monte San Giovanni, che ha partorito da appena tre mesi il suo primo bambino. Ha poco più di ventanni e il marito l'ha "rapita" perché nessuno possedeva le poche lire indispensabili a uno straccio di matrimonio: dopo si va alla chetichella davanti al prete per regolarizzare il "misfatto" davanti a Dio. La prima volta che Stella, questo il suo nome, si china a prendermi dalle braccia della mamma, ancora debolissima per l'infezione provocata da quel residuo di placenta, la mamma vede con orrore degli insettini pallidi e quasi trasparenti spuntarle fra i capelli attorcigliati nella crocchia. Si muovono impercettibili all'orlo della bella mela fresca del viso «Ma tu hai i pidocchi!...Tarsilla!» chiama spaventata. Subito il bell'ovale di mela si copre di rossore, gli occhi perdono ogni trasparenza.

Più tardi la cameriera Tarsilla le lava i capelli con il petrolio, i capelli sono lunghi e sciacquano e ondeggiano per il lavandino, il pettine passa e ripassa a tirare fuori fino all'ultima bestiolina mentre lei sta con la testa rovesciata all'indietro, la puzza del petrolio che dà il voltastomaco. Soddisfatta dalla quantità di insetti che escono dal pettine per finire giù dritti nello scolo, Tarsilla manifesta con continue esclamazioni «Madonna, come son grossi!» «Guarda questo, che non si vuole staccare!» «Adesso a te, ti sistemo io...» Il pettine le gratta la cute ma Stella non osa protestare mentre Tarsilla comincia a enumerarle uno per uno i vantaggi che avrà per essere capitata in una famiglia dove c'è abbondanza di tutto e i termosifoni scaldano perfino le stanze di servizio. Trafitta da quel pettine lei non può neanche muovere la testa «Sì, sì, ce lo so, me l'ha dittu lu parrocu» dice, e vorrebbe adesso riappropriarsi dei suoi capelli ma Tarsilla insiste nel tirarglieli giù nel lavandino, quel pettine come un rastrello sulla testa mentre i suoi occhi vagano intorno fra le pareti di smalto verde. Non ha mai visto un cesso e neanche uno sciacquone, mai quello strano recipiente ancorato al muro che sembra un grosso pitale allungato: il bidet.

Chissà come è stata la nostra vita a due, insieme notte e giorno. Il suo seno bianco e caldo, la mia bocca come una sanguisuga. Tante stanze dove lei si aggira in continuo stupore. Una domenica mattina mentre papà è seduto accanto alla radio ad ascoltare un discorso del Duce, sicuramente uno di quei discorsi roboanti che lo mandano in bestia, quando sbotta in un "imbecille!" pronunciato a gran voce, lei si gira spaventata: «*Ah signù, mo' t'ha sentito!...*» Era bella, lo so. Non grassa come sono in genere le balie, ma ben proporzionata e con i lineamenti delicati. Di lei è rimasta una fotografia davanti alla casa di Mirabello: tiene gli occhi socchiusi per via del sole e sembra affondare nel vestito dalla gonna lunga e arricciata, troppo grande per lei. Il fazzoletto che le copre i capelli all'uso delle balie, e così lo scialle con le frange, tutto sembra incongruente, anche quel lattante fra le sue braccia. Da come mi tiene, quasi fossi un fagotto, di sicuro ha già sognato che il suo bambino è morto.

Il marito, analfabeta come la quasi totalità degli abitanti di Monte San Giovanni, lo ha fatto scrivere dal parroco (*annu rapitu Stella, a figghia a Loreta!... avevano gridato a Monte San Giovanni il giorno che le aveva strappato i vestiti e senza troppi preamboli l'aveva sverginata*). La lettera dice anche che lei, Stella, non deve saperlo perché dal dispiacere potrebbe andarle via il latte e così perdere il baliatico:

quei biglietti da cento lire che a Monte San Giovanni aspettano come la manna.

Che storia sciagurata la "nostra". Ottocentesca. Sembra uno di quei racconti di De Amicis che spezzano il cuore. Una storia che ha poco a che fare con la "modernità futurista", l'automobile, la radio, il telefono.

La stanza che dividiamo nella casa di Mirabello ha il soffitto dipinto con dei fregi giallastri che nell'angolo si trasformano in una specie di ghigno, è settembre e all'odore delle mele stese sulla paglia si mescola il profumo delle petunie, tutto è perfetto e familiare e dorato, le mie sorelle e Pierino ridono seduti sul carrettino di legno dipinto che la Fräulein Kler va tirando lungo il marciapiede parallelo alla casa (è giovane anche la Fräulein Kler e bionda e robusta, e si racconta che è stata capace di mangiare un intero chilo di ciliegie mandando giù perfino i noccioli).

Lei però ha fatto quel sogno e non trova pace. «Che vai fantasticando, balia» la rassicura la mamma «i sogni non vogliono dire niente, anzi allungano la vita... Non ti fissare su certe fantasie, pensa a mangiare e a respirare aria buona!» Certo un qualche rimescolio interno deve avvertirlo anche lei mentre le foglie del noce le disegnano ombre diseguali sulle belle onde nere dei capelli (è ingrassata già dopo la terza gravidanza e il sorriso accattivante affonda nelle guance troppo paffute).

Ma Stella sa che ci sono sogni e sogni, e alcuni sono spade che illuminano la notte con il lampo della loro lama, non lasciano spazio per difendersi e in un attimo svuotano la vittima del loro sangue. Un cerchio le stringe lo stomaco e le grandi scodelle di crema d'orzo e i minestroni che odorano di lardo faticano a scenderle giù per la gola. Intanto il latte si vendica, o meglio *la* vendica; e se lei non può perdere il baliatico perché il marito non la perdonerebbe mai, il latte smette di zampillare dalle stelle scure dei capezzoli. Gliene importa assai, al latte, dei sorrisi rassicuranti e delle buone parole. I seni sono ogni giorno di più due pallide coppe vuote, e se alla luce del sole lei può fingere di saziarmi offrendomi continuamente i capezzoli devastati dal mio succhiare il niente, la notte quando piango per la fame mi mette in bocca un lembo dell'asciugamano imbevuto di acqua e zucchero. Io ciuccio rumorosamente nel buio.

Chissà come erano le nostre notti, se mi odiava per il mio strillare, per essere, io, viva, e il suo bambino non più. Se facevo parte della sua insonnia come il trascolorare della luna e le farfalline color polvere che sbattevano contro la lampada accesa davanti al garage.

Io deperisco, invece di spostarsi in avanti il contrappeso della bilancia va indietro. Provano con una nuova bilancia ma il risultato non cambia. Adesso strillo di continuo, di notte e di giorno fino a farmi mancare il fiato. C'è anche un cugino di mio padre, un colonnello medico in pensione che ha curato per quarantanni dissenterie e infezioni per lo più sessuali, che tastandomi la pancia gonfia decreta che vado messa a dieta. È sufficiente una settimana della sua cura, ossia il digiuno, per provocare il tracollo.

La mamma piange (questo mi piace immaginarlo). E se è vero che papà voleva tanto un maschio, adesso questa bimbetta che agita le gambine magre e mollicce mentre nel pianto i capelli le si drizzano in una peluria sul cranio, la sente assolutamente sua.

Esistono gli Angeli Custodi? Oggi mi piace crederlo ma c'è voluta un'infinità di tempo perché cominciassi a percepirne la presenza quando ci accompagnano silenziosi con le loro ali tiepide, forse colorate. A volte si incarnano in una vecchia donna con la sporta. Altre in un ragazzo che passa veloce in bicicletta. Ma possono anche indossare un cappotto e camminare svelti per strada, o nascondere le ali sotto una divisa a doppio petto blu.

Il mio, di angelo, si è momentaneamente incarnato in Francesco che ha sostituito da un paio di mesi l'autista Peppino. È grande Francesco, è ancora bello anche se forse troppo corpulento e due piccoli baffi dividono il suo viso ironico di *romano de Roma*. Ha cominciato quasi subito ad appassionarsi all'"abbacchietto" che si succhia tutta la mano in bocca, guardandolo con gli occhi ansiosi. Insieme percorriamo adesso le camionali asfaltate di recente che tagliano in grandi fette il Monferrato, lui al volante della Lancia, io dietro fra mamma e papà. Occimiano, Lu, San Salvatore. E alla fine approdiamo in salvo dal grande internista di Casale.

Al grande internista basta una palpatina alla pancia gonfia per capire: *sono salva!* Semolino dice, mele, tapioca. Cominciare anche con un poco di carne di vitella, non più di dieci grammi. Se la digerisce, aumentare fino a quindici, venti grammi. Per ora niente latte, fra una settimana, se tutto va bene, iniziare con due dita di latte di mucca allungate con acqua. Ci rivediamo fra quindici giorni.

Io sono salva, ma lei? Papà ha pena di questa balia-ragazza. E se Stella non può più offrirmi il suo seno colmo solo di angoscia, può sempre sedersi accanto al seggiolone per infilarmi in bocca il cucchiaio pieno di pappa. Nessuno la rimanderà al paese, finirà il suo periodo di baliatico. Chissà se adesso noi due qualche volta ridiamo quando il semolino mi cola lungo il mento, io metto le mani nel piatto per ficcarmi tutto in bocca come un animale che deve fare il pieno per i periodi di carestia. Se il mio riprendere vigore le comunica la speranza, quella che mette in fuga il nero dell'angoscia. La schiaccia come la Vergine il serpente. E mentre il gomitolo di lana celeste che le ha regalato la mamma le si srotola in grembo, sferruzza accanto alla mia carrozzina in giardino nella luce d'oro di ottobre: è un golfetto per il suo bambino rimasto fra le pietre e i muli di Monte San Giovanni.

Forse questa per me è l'immagine più atroce. Come hanno potuto tollerarla, regalarle quella matassa di lana color cielo?

Ho scritto più volte di lei senza mai chiamarla con il suo nome. Senza mai avere il coraggio di portare a termine la storia della sua breve vita, tanto gronda *Piccola vedetta lombarda*. Perché una volta

tornata al paese, subito il marito l'ha rimessa incinta per rimandarla un'altra volta a balia in casa di signori. Ma la notte dopo il parto si è alzata e non ha resistito alla voglia di mangiare i fichi appesi a uno spago vicino al camino. Tanti, uno appresso all'altro. E i fichi, soprattutto se affumicati, per le partorienti, si sa, sono veleno; questo aveva poi detto il marito. Così era morta.

Io non ci ho mai creduto a questa storia. Io la "vedo" in quella stanza dal pavimento di terra mentre si alza, ancora bagnata di parto. Quell'odore particolare di sangue che subito si corrompe e si mescola ad altri liquidi. Il bambino che ha appena partorito dorme con il respiro rapido dei neonati, i minuscoli pugni chiusi. Ma Stella (anche il suo nome, che scherzo infame) non si farà fregare un'altra volta. La sua è una volontà di "non vita". In quella stanza che divide con capre e galline si avvicina al camino e stacca dallo spago i fichi messi a seccare, li mastica lenta, uno dopo l'altro, il sapore appiccicoso e dolciastro che si incolla al palato. Per il suo Gran Rifiuto non ha altro. Quel marito orribile. Io lo odio. Lo odio ancora oggi.

Non so come papà sia venuto a saperlo. Probabilmente è stato lo stesso parroco che aveva scritto la volta precedente. O una di quelle mediatrici che vanno in giro per la Ciociaria a ispezionare le bocche delle aspiranti balie per capire dai denti se sono sane. E una mattina, con Francesco al volante, la Lancia blu ha imboccato la salita che porta alle case raccolte in un pugno intorno alla chiesa di Monte San Giovanni mentre le ruote sobbalzano sulla strada a evitare le capre e i somari che caracollano fra le pietre e lo sterco. Vuole, papà, offrire il suo aiuto per crescere quel bambino rimasto orfano di madre, e nella sua testa già si forma il progetto di un collegio dove farlo studiare. Ma il bambino non c'è più, a dire la verità c'è stato per pochissimo «Chillu è crepatu» ha detto il marito. «Come, crepato?» ha chiesto papà esterrefatto. «Crepata la matera, chi lo nutriva a chillu?...» L'avevano lasciato morire, di fame.

Posso solo immaginare il viaggio di ritorno di papà e Francesco. Io dormo nel lettino di ottone che tintinna con un suono di campanelli ogni volta che mi aggrappo alle sponde. Accanto a me nella stanza dai mobili laccati di azzurro c'è adesso lei, Gina, a cui mi lega un amore senza confini. Un amore a prima vista, cieco, totale, lei è solo mia e io solo sua, carne della sua carne. Anche se non durerà a lungo.

Poco più di tre anni. Una manciata di mesi meravigliosi dove splende, al centro, una tazzina di celluloide verde pallido con il piattino incorporato per non macchiare il lenzuolo. In quella tazzina, nel suo letto, i piedi che sentono ancora il tepore del sonno lungo i suoi polpacci, bevo al mattino un liquido scuro e dolce: caffè d'orzo io, caffè arabico lei, piccoli lenti sorsi che le tingono gli angoli delle labbra. Ci sono, la notte, le palline colorate di zucchero che mi infila sotto al cuscino quando torna dai suoi pomeriggi di libertà. Si chiamano "lacrime d'amore" e nel sonno le tasto, piccole e tonde nel sacchetto di carta trasparente, e senza che neanche debba aprire gli occhi mi rassicurano del suo ritorno dal buio delle strade; appena un fruscio di lenzuola mentre lei scivola silenziosa nel letto accanto al mio.

I ricordi di Gina sono ali evanescenti di libellula o folletto. Li spacca, quei ricordi, la valigia di fibra appoggiata alla parete del corridoio. Di colore marroncino come cacca di diavolo si acquatta contro la carta da parati, ma io immediatamente la individuo e la visione mi folgora, mi arresta sulla soglia della felicità. Perché nessuno mi ha avvertito? Mi ha preparata a questa lacerazione sanguinosa? Come può accadere un abbandono così repentino e privo di addii? Gli occhi di due cerniere di latta mi fissano nella semioscurità del corridoio: nessun messaggio per te, piccola sciocca bambina che hai fatto del corpo di Gina la tua culla, e della sua voce la tua musica. La visione non lascia scampo *Se ne va, se ne va, ha già il cappello in testa e il soprabito blu...* Urlo, mi dimeno, non voglio allontanarmi da quella valigia, figurarsi andare all'asilo. Scalcio mentre mi sollevano da terra e scalcio ancora mentre mi portano di forza giù per le scale: non la rivedrò mai più.

Diversi anni dopo il suo nome tornerà come un'eco irriconoscibile, sillabe ripetute nel vuoto di un canalone. Sono ormai una ragazzina di undici, forse dodici anni, c'è la guerra e il treno che ci sta portando verso nord è fermo per una lunga sosta nella stazione di Livorno. Una sosta probabilmente prevista perché lei sale nel vagone dove siamo seduti e la mamma la saluta con cordialità. Deve essere venuta apposta per incontrarmi. Io guardo questa donna magra dalla pelle olivastra incollata al viso: mi è perfettamente estranea. Ma sono beneducata e abbozzo un sorriso di circostanza. Lei vorrebbe baciarmi, a me sembra un po' vecchia e istintivamente mi ritraggo. «Ma come» dice la mamma «non la riconosci, è Gina!» Gina, questa?... Sulla banchina passano intere famiglie con grossi fagotti, valigie legate con uno spago, hanno bombardato il porto e la stazione è imbottita di sacchetti di sabbia, ognuno si affanna a cercare un posto sul treno. È estate, fa caldo. E mentre la presunta Gina parla con la mamma, guardo fuori dal finestrino il sole a picco sui binari, il tondo dell'orologio con il vetro spaccato. Fermo da chissà quanto tempo.

Ma adesso devo tornare a quella bambina che scalcia in terra e Francesco solleva di forza per portarla all'asilo. Seduta senza più fiato nell'Astura, le gambe rigide come quelle dei pupazzi, guardo le mie scarpe con il bottone e i calzini bianchi, troppo bassa io per arrivare a vedere i prati e gli alberi di Villa Borghese che scorrono fuori dai finestrini, solo le fronde più alte illuminate da sprazzi di sole. Per consolarmi Francesco mi dà una caramella Golia di cui ha sempre una scorta in macchina.

Francesco è figlio d'arte, suo padre era un vetturino di carrozza di piazza e appena ventenne lui si è fatto quattro anni di guerra sul Carso alla guida di un'autoambulanza. Durante la ritirata di Caporetto una pallottola gli ha perforato tibia e perone, così con la gamba che sciacquava nelle fasce grigioverdi appiccicate dal sangue, aveva percorso, strisciando, un numero incredibile di chilometri. Una scheggia gli è rimasta conficcata nel polpaccio; e quando

cambia il tempo, zoppica. È possente e meraviglioso e appena sento la sua inconfondibile scampanellata corro ad arrampicarmi sui paletti della porta di servizio per incontrare al di là dello spioncino i suoi occhi nocciola. Ogni volta è un tuffo al cuore. È ricchissimo e quando accompagna la mamma "in giro per commissioni", se lei ha finito i soldi o ha bisogno di spicci, tira fuori il suo portafoglio un poco malridotto per quanto è gonfio; lei pesca quello che le occorre prima di tornare a sparire nel negozio da cui è appena uscita. Noi due sediamo ad aspettarla nell'Astura e io posso giocare con il suo berretto da autista che emana come un nettare confortante l'odore della sua brillantina.

La domenica mattina arriva "in borghese", l'impermeabile color caffellatte che flotta sul completo marrone a righe, in testa il cappello anche quello marrone, e mentre tira fuori dalla tasca un pacchetto con una mozzarella gigante o un introvabile salame avvolto nella carta oleata, qualcosa che solo lui è in grado di trovare a Roma, la sua maestà profumata di colonia colma la cucina. Letizia e Italia gli ronzano intorno eccitate dalla sua presenza; ma lui non si scompone, tutt'al più accetta un caffè e scherza ironico su quella manfrina, il cielo domenicale che ghiaccia i vetri della finestra: «Donne con un cervello di gallina...» In ginocchio su una seggiola, i gomiti appoggiati al tavolo, lo contemplo mentre gira lento lo zucchero nella tazzina: io no, io non faccio parte delle "galline", sono una bambina e a noi due ci lega un filo più forte dell'acciaio, io lo so. Lui è pronto a prendermi sulle spalle e a traghettarmi come san Cristoforo fuori da ogni pericolo. Anche se non si è mai chinato a baciarmi, non mi ha mai dato neanche una carezza, quello sguardo nocciola attento a difendermi da chiunque osi solo tentare di farmi un poco di male.

E la sera a letto chiedo perdono a Gesù Bambino perché è peccato volergli più bene che allo zio Nino. Lo zio Nino che oltre a essere il fratello di papà, è anche il mio padrino di battesimo e mi ha regalato la catenina di platino con la medaglietta della Madonna di Pompei circondata di perline.

Da quando la subdola valigia di fibra si è portata via Gina sono passata sotto la giurisdizione di Anne Marie, la robusta altoatesina che governa già le mie due sorelle maggiori dopo che la bionda e impavida Fräulein Kler è partita verso altre avventure. Non ho più il letto di ottone con le sponde che si alzavano e si abbassavano tintinnando nella semiluce del mattino ma una rete e un materasso in un angolo foderato da una spessa stoffa di cotone a strisce. Il tessuto, in varie gradazioni di azzurro, ha dei nodi in rilievo su cui posso esercitare la forza delle unghie quando fatico ad addormentarmi. Azzurri sono anche i mobili della stanza che divido con mia sorella Teresa, rivestita da una carta da parati disegnata di fiori di pesco. La carta è piena di segnacci scarabocchiati di straforo e in un angolo i bambolotti spenzolano giù dai loro lettini le teste rotonde di cartapesta, le guance scolorite e gli occhi ormai senza ciglia sgranati nel vuoto. Sul lampadario di legno al centro alcuni bambini girano in tondo su una giostra. Uno lo odio: impettito su un cavallo a dondolo, lo serra forte fra le ginocchia. Odio il suo sorriso protervo e la mano che leva alta la frusta, il suo ridicolo cappelletto a barchetta.

Ho anche io adesso come le mie sorelle un vestito di lana celeste con il collo di angora bianco, e un altro di taffetas di seta rosa che però non metto quasi mai. Mani robuste mi strigliano veloci la sera nel bagno e resto un tempo interminabile seduta sul vasino di smalto in attesa di *grosses Geschäft* guardando sotto di me il tappeto dove una bambina regge leziosa il suo ombrellino di panno, un neo sulla guancia; e con lei intreccio lunghi dialoghi cercando di soddisfare l'attesa di *grosses Geschäft* che stenta a piombare giù. A volte mi dimentico su cosa sto seduta e mi alzo, il vasino incastrato ormai nelle natiche precipita e si rovescia con vasto spreco di escrementi sulla bambina e il suo neo. La tempesta in tedesco mi martella allora le orecchie: «*Nein, nein!*» «*Nicht, nicht!*».

«*Nie, nie!*»: questo vale per le caramelle che una volta messe in bocca non vanno mai sputate, soprattutto non per sceglierne un'altra. A me piacciono molto quelle di ribes e di lampone ma detesto quella di anice la cui carta si confonde sia con quella del ribes che della pera. Le caramelle sono Baratti e Milano, ma si fabbricano a Torino. Da Torino provengono anche gli squisiti cioccolatini chiusi nella scatola di legno grezzo di Pfatisch. A noi è permesso attingervi in circostanze eccezionali perché il cioccolato, oltre a togliere l'appetito, "riscalda", e solo agli adulti ricchi è permesso di mangiarne in quantità scegliendo una per una le formine contenute nelle coppette di carta pieghettata. Non a papà, anche se è ricco, perché ha mal di stomaco; ma lui è stato abituato in collegio alle privazioni e guarda soddisfatto la mamma che mangia un cioccolatino dopo l'altro con il suo sorriso a fossette. Si è molto ingrassata con tutte quelle gravidanze la bella ragazza bruna ma a papà piace così: i manici di scopa, dice, vanno bene per spazzare in terra.

«*Schnell, schnell!*» Le mani mi brutalizzano fredde mentre allacciano le mutandine al corpetto di cotone. Mutandine e corpetto Petit Bateau come si evince dalla barchetta a vela cucita in un angolo. *Schnell* vestire, *schnell* bere il caffellatte, *schnell* giù per le scale dove aspetta l'automobile per portarci all'Istituto dell'Adorazione. Io veramente potrei non andarci perché sono ancora all'asilo e invece anche io nell'Astura, meno male che c'è Francesco al volante con il suo berretto a visiera. Nel grande androne luminoso della scuola ci aspetta Madre Enrichetta per ispezionare le unghie. Quelle dei tre fratelli Meoni sono sempre sporche. Io apro le mani a ventaglio irrigidendo le dita per mostrare le mie dove Anne Marie è penetrata a fondo con il pulisciunghie.

La grande tragedia è in agguato, ma seduta sulla seggiolina, nell'aula con le vetrate che si aprono sul giardino, guardo attenta la bocca di Madre Gregoria che ci insegna a cantare *Le petit navire*. Anche se questa canzoncina non mi piace perché quando il "petit navire" va alla deriva e il cibo finisce, viene tirato a sorte chi deve essere mangiato. E naturalmente tocca al più giovane. Al *mousse* dice Madre Gregoria. Il mozzo. E non sono anche io la più piccola

della famiglia? Una specie di mozzo che tutti possono comandare e forse, un domani, mangiare? Ma non è solo "le petit navire" a preoccuparmi, anche le grandi figure colorate appese alla parete che illustrano ognuna una lettera dell'alfabeto non sono per nulla rassicuranti. Sulla "P", per esempio, rappresentata da una grossa pentola marrone, dal coperchio appena sollevato, sbirciano due occhi tondi da spione. «Il diavolo fa le pentole ma non i coperchi» dice sempre Italia quando Letizia tenta di addossarle la rottura di un piatto o l'afflosciamento del soufflé; e quelli che sbucano dal coperchio là sulla parete potrebbero allora benissimo essere gli occhi del diavolo, pronto a saltare fuori dalla pentola appena Madre Gregoria si alza dalla sedia.

In giardino Suor Lucilla innaffia i fragoloni per farli diventare ogni giorno più grossi ma noi possiamo soltanto guardarli mentre il vento gonfia la veste scura della suora fra le piantine dell'orto. Sono per la Madre Superiora che è vecchissima e passa le giornate vicino a Dio, arroccata nella torretta dove il sole le dardeggia intorno un'aureola di luce. Porta sull'abito di lana bianca un tondo ricamato con un cuore rosso trafitto. Anche Madre Gregoria lo porta, e Madre Albertine e Madre Enrichetta, ma loro sono meno vecchie e il ricamo è meno brillante, mentre Suor Lucilla, di bianco, ha solo il velo agitato dal vento. Non penso mai a Gina. In cappella mi piace l'odore dei gigli e il legno chiaro dei banchi, liscio sotto il mento ogni volta che cerco di inginocchiarmi come le mie sorelle. Anche giocare in giardino mi piace ma ogni tanto per il freddo mi scappa la pipì. La pipì va bene perché sono capace di slacciare e riallacciare al corpetto le mutandine Petit Bateau, magari sbagliando le asole. Il dramma è il *grosses Geschäft,* che in famiglia chiamiamo semplicemente *gross*, termine che ritengo sia quello corretto in italiano appartenendo la parola cacca agli infimi degli infimi. Se mi scappa *gross*, dunque, è spaventoso perché non sono capace di pulirmi da sola e allora devo chiedere aiuto a Madre Gregoria o a Madre Enrichetta. E la vergogna mi annienta. Per evitare questa sventura preferisco soffrire e resistere fino al momento di tornare a casa.

È cominciato così. Lei, Gina, deve essere andata via solo da qualche mese e forse il dolore alla pancia è solo il male al cuore che si trasmette al corpo che lo contiene insieme all'anima. Una mano invisibile mi contorce le viscere, «Pancino» lo chiama la mamma massaggiandolo lentamente nella speranza che le dita adunche conficcate nella mia carne mollino la presa. Il professor Luzzatto mi appoggia sul petto il suo orecchio peloso, io lo guardo al di là della giacchetta del pigiama arrotolata fino al mento e devo tossire, il ventre si tende in uno spasimo con l'occhiolino dell'ombelico contratto. Poi, di colpo, la situazione precipita, la febbre sale e batte nel collo, odora fra le coperte. Visi sconosciuti si chinano su di me, attraverso gli occhiali le pupille mi scrutano mentre le dita palpano da ogni parte, io vomito, vomito, il dolore è ormai in ogni recondito angolo del corpo. È notte e mi avvolgono in una coperta, in testa un piccolo mefisto di lana blu comprato per andare a sciare e invece, eccolo, nelle luci livide dei lampioni sui capelli incollati di febbre. Il mondo si è capovolto e Francesco mi prende in braccio, io affondo contro il suo petto, poi stretta fra mamma e papà navigo con l'Astura nell'oscurità di dicembre. Dopo è il buio.

Non ricordo niente. Non ricordo il risveglio dopo l'operazione. La sete, la sofferenza, papà, mamma. Deve essere passato forse un mese e c'è la zia Dora seduta accanto al mio letto di ferro smaltato: sta cucendo la cintura della vestaglia di lana azzurra dei Pirenei che indosserò per alzarmi. Sto guarendo. Quasi un miracolo, dice papà. Nella pancia ho ancora un tubicino che spurga gli ultimi residui dell'ascesso. Quando la mattina il professor Matronola armeggia con pinza e garza per ripulirmi la ferita, mi fa male ma non mi lamento, ho imparato a non lamentarmi. La stanza è verdolina e ho davanti una lunga finestra. Mangio solo cibi tritati e un giorno la zia Dora rimasta a controllare il vassoio del pranzo, trova nel purè di spinaci un frammento di filo di ferro del setaccio. Ne segue una specie di processo alla cucina della clinica. A me quel purè di spinaci piaceva e ci sono rimasta male nel vedermelo portare via sotto al naso. Non sono più *une entité négligeable*: di colpo sono diventata "preziosa", un valore quantificato dai regali di chi mi viene a trovare ma soprattutto dalle visite mattina e sera di papà. La mamma ha preso addirittura una stanza accanto alla mia dove si alterna con Anne Marie che mi ricopia su un album le illustrazioni del libro di Struwwelpeter. Quando un giorno la suora alla quale manifesto la soddisfazione per il mio nuovo status, scherzando mi dice «Ma va' là, che tuo papà ti venderebbe per cento lire!» improvvisamente è il panico. Nessuno riesce a rassicurarmi e pretendo di essere portata subito nella cabina del telefono all'ingresso per sapere se è vero. Avvolta nella coperta, in braccio ad Anne Marie, mi arriva in un arpeggio divino di sillabe la risposta: «*Neanche per un milione*!» Torno in camera esausta e trionfante, e come sento nel corridoio i passi del professore Matronola lo chiamo per comunicarglielo: professore, professorello! Le suore mi prendono in giro: fiorin fiorello!... cantilenano. Io amo il professor Matronola, così devo fare dice papà, perché mi ha salvato la vita. Invece le suore no, una soprattutto che quando mi medica, tira via in fretta la garza appiccicata sulla ferita per non far perdere tempo al grande chirurgo, venuto a controllare il suo capolavoro.

Questo ricordo, e Francesco. Per tutto il tempo che sono stata in clinica ogni giorno è arrivato con un regalo diverso.

Quando sono uscita era febbraio, la luce mi accecava: sono adesso una bambina infagottata in maglie e magliette, disposta a trasformarsi in giullare per trovare consensi. Non devo correre, non devo sudare, ho sempre una sciarpa al collo e un cappello con il sottogola e non posso avvicinare altri bambini se no mi prendo subito le loro malattie. Papà ha comprato un grande cuore d'argento da regalare alla Madonna di Pompei. È lei che ha fatto il miracolo insieme al professor Matronola.

Sei mesi dopo mi devono aprire di nuovo la pancia per controllare che non si siano formate aderenze; e già che ci sono mi tolgono anche l'appendice. Questa volta entro in clinica tutta arzilla perché mi hanno detto che devo solo fare una radiografia. E mentre la suora mi spoglia, salto sul letto. «Salta, salta» lei dice «che domani non salti più...» La mamma la rimprovera ma io non capisco, anche se smetto di colpo e la suora se ne va offesa nell'ondeggiare delle ali inamidate del velo e io resto lì in mutandine e maglietta. Quando mi stendono sul lettino il professor Matronola si china invitandomi a ripetere la parola salame. Io ubbidisco e fissando i tondi lucenti dei suoi occhiali comincio a sillabare *salame, salame, salame, salame...* quando improvvisamente una immensa mano umida mi copre il naso, la bocca, preme sempre più forte fino a bloccare il respiro. Soffoco. È atroce, sto annegando, annaspo in un mare di silenzio, le tempie mi scoppiano, scoppiano i polmoni con un suono fesso di palloncini.

È l'etere una piccola morte. Anzi, è *la morte.*

Sono tre le mani. La prima è la più bella e si è intrecciata alla mia, calda, forte. La tenevo stretta per interi pomeriggi mentre ci guardavamo negli occhi e ancora mentre ci baciavamo nella stanzetta laterale del Bar delle 9 Muse tra un passaggio e l'altro del cameriere, un ragazzone pallido e allampanato che volteggiava via veloce con le tazzine in bilico sul vassoio, il lungo grembiule più grigio che bianco. Una mano michelangiolesca dalle unghie ben disegnate. Una mano che protegge e rassicura. Inadatta ai lavori che richiedono perizia o leggerezza di tocco ma capace di raccogliere nel suo palmo caldo ogni ansia. La seconda colpiva invece per la dimensione quasi femminile delle dita, eppure era una mano abile nell'avvitare, segare, battere chiodi. Piallare il legno. La pelle è chiara e il polso a cui è attaccata sottile, il palmo largo. Subirà nel tempo una profonda mutazione e l'artrite le toglierà parte della sua grazia. Resta l'immagine della prima volta che ha catturato il mio sguardo, appoggiata allo schienale del sedile dell'automobile che ci portava, in quattro, a Spoleto: piccola, delicata ma nello stesso tempo virile. Forse così la mano di Valmont. La terza è una mano fragile e caparbiamente generosa, la mano di un antico guerriero che possiede ancora il ricordo delle battaglie combattute. Una mano da amare e da stringere con delicatezza, da scaldare con il calore della bocca.

Ma ho dimenticato una mano, la prima in assolu-

to. La tua, papà. Con la fede di ferro perché quella d'oro avevi dovuto sfilarla al momento delle Sanzioni e buttarla nel calderone della Patria. Nel 1936. In quel cerchietto di ferro durante la guerra, quando l'automobile per mancanza di benzina era ferma in garage, infilavi il biglietto del tram. Era una mano dalle unghie spesse e coriacee: chi me le taglia queste unghie? chiamavi a gran voce. Ma poi dopo la destra, porgevi anche la sinistra. L'unica volta che mi hai dato uno schiaffo le cinque dita si sono stampate come fuoco sulla mia guancia. Era dunque una mano forte che contrastava con la tua apparente fragilità, una mano che sembrava pronta a salvarti da tutti i pericoli del mondo. Ogni tanto si ricopriva di piaghe per un eczema che curavi con una pomata dall'odore inconfondibile. Ma quando dovevi togliere la garza che si era incollata alla carne, spesso se ne veniva via anche qualche brandello di pelle e la mano sembrava scorticata dal fuoco. Poi, così come si era ricoperta di piaghe, la mano guariva. Forse era la mancanza di vitamine durante la guerra o il tuo rifiuto di mangiare qualsiasi verdura cruda. Con la mano stretta nella mia sei morto al termine di una notte iscritta in un cerchio di eternità, quando nel silenzio della clinica spezzato solo dal tuo respiro, sempre più lento e faticato, ti ho amato in modo assoluto. Come non ti ave-

vo mai amato prima. La mamma dormiva e con te c'ero solo io, e io sola volevo esserci, e quando le tue dita si sono sciolte dalle mie ho continuato ancora a lungo ad avvertire la tua presenza. Intorno a me, con me. Quella mano alcune notti prima l'avevo sognata: solo la mano con il cerchio sottile della fede di ferro in cui durante la guerra infilavi il biglietto del tram.

Isole navigano in un riflusso di correnti con quella bambina che non deve sudare né prendere freddo né mangiare cibi indigesti. Sono a una festa di carnevale ma io indosso solo un anonimo golfetto su un altrettanto anonimo vestito, e in braccio a Anne Marie guardo giù gli altri bambini mascherati chi da olandese e chi da Pierrot, o ancora da Cappuccetto Rosso, pronti a precipitarsi sulla cascata di cioccolatini che sgorga dalla "pentolaccia" in frantumi sul pavimento. La sala è grande, rumorosa, quello che accade là in basso mi appare il massimo del godimento in un'apoteosi di colori e urla, coriandoli, stelle filanti, Pierrot e Pierrette; e mi divincolo nel tentativo di sgusciare via dalle braccia di Anne Marie, forti come marmo.

Una mattina in cappella mi scappa la pipì, e prima ancora che me ne renda conto i muscoli contratti cedono e la guardo allargarsi fra le mie gambe in una pozza irrimediabile e lucente sull'inginocchiatoio. Appena Madre Gregoria se ne accorge mi porta fuori e poi ancora in parlatorio dove poco dopo arriva Anne Marie con le mutandine pulite. «Se non ti senti bene» mi dice chinata in terra a infilarmele «ti riporto a casa» Ha parlato in tedesco, io sto benissimo ma vorrei tanto andare via con lei. Invece non c'è il tempo per riflettere, già Anne Marie si rialza e incarta le mutandine bagnate, Madre Gregoria mi riprende per mano. Già Anne Marie afferra la borsa e sento i suoi passi giù per le scale, la gonna di Madre Gregoria mi struscia la guancia con il suo odore di asilo mentre quei passi si perdono nella luce del corridoio.

Il rimpianto di quella mattina perduta riaffiorerà a tratti nel tempo a significare la mia incapacità di una scelta che sia nello stesso tempo rapida e ragionata. Anche mentire con inalterata freddezza, non mi sarà facile.

Alla festa-merenda dei cinque fratelli Marchesi (Maria Luisa, Camillo, Ugo, Giovanna, Ludovica) mi mettono davanti una tazza di cioccolata calda: è scura, densa, l'adoro, e nella foga di berla ne rovescio un poco sulla tovaglia. Mi guardo in giro: sono l'unica ad avere quella macchia scura accanto al suo posto. Allora mentre nessuno se ne accorge, la copro con il piattino; ma sono sicura che una volta terminata la merenda, quando ci alzeremo da tavola, verrò scoperta. Mi sembra tremendo. Così mi ostino a non mollare la mia sedia, e alla fine resto sola davanti alla mia tazza vuota.

A Ortisei l'estate ho finalmente anche io come le mie sorelle il costume tirolese con il grembiulino di organdis bianco e i bottoni tondi con un edelweiss che sembra d'argento. Ma il pomeriggio che vengono in visita i Fioravanti, appena la loro bambina Elisabetta vede il nostro costume con il grembiulino, lo vuole subito anche lei. Anzi, vuole il mio. Urla e strepita, e la mamma mi convince a spogliarmi per darglielo. Io veramente non vorrei ma non ho scelta. Nella fotografia, scattata sul prato davanti alla casa, ho i capelli corti e lisci e un vestito di cotone senza storia mentre Elisabetta sorride trionfante in una cornice di boccoli biondi.

Sempre quell'estate, una mattina che scendo di nascosto per rubare una carota nell'orto del signor Stuflesser, quando rientro con il mio vegetale crudo fra i denti, un bambino sbuca improvvisamente dal sottoscala: è grosso, avrà nove, forse dieci anni e porta un maglione giallo. Un poco lo conosco, viene da Tunisi, è per metà francese, e ogni volta che giochiamo nel prato cerca sempre di abbracciarmi. Adesso mi afferra avvicinando la sua bocca alla mia. Le labbra umide come ventose. La carota mi sfugge di mano mentre lui stringe sempre più forte. Io mi divincolo, sudo, alla fine con un calcio mi libero del suo corpo e corro, corro su un gradino dopo l'altro, senza più fiato, mentre i suoi occhi restano a fissarmi nella semioscurità. Non ruberò mai più carote dall'orto del signor Stuflesser.

Sono ancora e sempre una bambina "cagionevole". Così a metà mattina una suora mi accompagna al refettorio per una merenda supplementare: un piccolo tondo crème caramel color topazio. Il refettorio è vuoto, sono sola, accanto a me la tavola è già apparecchiata per il pranzo di mezzogiorno, così mi lascio scivolare lungo la panca fino al posto di Diego Carrassi. I Carrassi sono conti, già questo mi sembra supremo. Prendo la forchettina di vermeille con il monogramma accanto al suo piatto e la bacio. Io sono innamorata di Diego anche se è grasso e quando allaccia la cintura del grembiule arriva a malapena a congiungerne i due estremi in un minuscolo nodo sulla pancia. Io porto ancora il grembiule rosa mentre quello di Diego è nero perché è in quarta elementare insieme a mia sorella Luisa. Ma il mio amore non cerca giustificazioni, lo amo e basta e nella solitudine luminosa del refettorio premo con passione le labbra su quella forchettina che mi sembra d'oro.

Di me è invece innamorato Giorgio Calzecchi che porta la frangetta e ha i capelli biondi a caschetto, è magro e molto carino. Una mattina in giardino, durante la ricreazione, mi prende la mano «Quando sarò grande» dice «questa manina sarà mia» «E se mio padre non vuole?» interloquisce severa mia sorella Luisa. «La rubo e me la sposo» le risponde spavaldo. Io sono molto lusingata anche se continuo ad amare Diego Carrassi che, al contrario di Giorgio, forse neanche sa che le ho, le mani.

La notte tra il 1° e il 2 novembre è luna piena e la sua luce scivola evanescente fra i rami contorti dei meli, bril-

la nella canaletta d'acqua. Una notte incantata dove il monte Matanna si alza oscuro circondato dalle stelle e il silenzio è appena incrinato dai grilli. Io ho addosso il vecchio giaccone di pelle appeso da tempo immemorabile all'attaccapanni di legno dell'ingresso, i piedi affondano nell'umido dell'erba. Da quella notte ho cominciato a contare le lune tanto mi sembrava impossibile che potesse durare: una, due, sei, otto lune... Poi ho smesso e "la notte dei meli" si è distaccata dalle altre per diventare l'inizio del nuovo tempo. La sua alchimia di realtà e sogno continuava ad accompagnarci costellata di furori e di pianti. Da una gelosia insensata e improvvisa; e la mia, silenziosa, sorda come il battere di un martello sul muro. Ma anche un'esaltazione abnorme. Una felicità bruciante, precaria, pronta a dissanguarsi al primo fendente. Una nuova vita che scarrozza di continuo fuori dai binari e minaccia ogni momento di scapicollarsi giù per il dirupo. Invece resiste, anche se il capodanno nel fasto "belle époque" del Margherita non poteva avere uno scenario peggiore nel fracasso e lo squittire delle trombette, una bolgia assurda di provincia che non scalfiva di un'unghia la felicità di essere insieme.

Quello è stato anche l'anno della "nostra stanza", la scatola magica dove lo sguardo si perdeva sul cielo chiaro di nuvole. Tutto è bianco e le lenzuola di lino odorano della neve che si scioglie appena tocca terra.

La 405, o la 410? Anche il cameriere che ci serve nella grande sala da pranzo gioca la sua parte alla perfezione, così il maître e il portiere e perfino il cibo sembrano perfettamente corrispondenti ai desideri mentre un pianista suona poco lontano le canzoni degli anni Sessanta e Settanta.

A Zuoz la sera scendo giù per la strada ghiacciata con il cuore che batte e la paura di scivolare. Ma io non cadrò, non posso cadere. Non adesso. È febbraio, non c'è la luna ma un cielo gelido di stelle illumina l'orso di pietra dei Planta, gli antichi signori di Zuoz, ritto sulle zampe posteriori: l'acqua scivola silenziosa ai suoi piedi nella vasca al centro della piazza.

Il giorno dopo è avvenuto il primo incontro con il lago bianco di neve di Sils Maria dove gli sciatori diventano macchioline infinitesimali su quello che appare il tetto del mondo. E forse lo è: lo sguardo si allarga a dismisura nel tentativo di afferrarne i lembi e costruire uno spazio, sottrarlo a quel risucchio nel fondo che se lo beve come latte per riversarlo giù dal Maloja.

Quando ho la febbre, la mattina trasloco nel grande letto matrimoniale, e a risarcimento della

Limonata Roger o della Magnesia San Pellegrino la mamma mi dà la "scatola dei tesori". Fra le piume e i ventagli rotti, il lungo pettine "da spagnola", c'è un minuscolo bambolotto di porcellana con la pancia tonda che mi serve per costruire le storie dove le mie ginocchia, sotto le coperte, creano i dirupi mentre il pettine, ritto sul punto più alto, si trasforma nella Montagna delle Sette Leghe. La tappezzeria di damasco verde può invece all'occorrenza diventare una foresta o l'acqua scura di un lago. Ma anche l'oceano in tempesta.

Se sono *molto* malata ottengo in più la "borsetta di brillanti". È una borsetta da sera di strass a maglie molli, una delle Sette Meraviglie del Mondo. Per un impiastro di semi di lino mi può anche venire promessa in regalo. Ma appena sono guarita la "borsetta di brillanti" sparisce. Io sono malata innumerevoli volte: alle orecchie, alla gola, ai bronchi, ho l'acetone che si sente dall'alito e mi prendo tutte le malattie esantematiche a eccezione della difterite e della scarlattina, considerate pericolosissime. Quando la sera la febbre sale, fra i riflessi rossastri dello specchio dell'armadio compare il diavolo: le sue orecchie appuntite baluginano nella molatura ai bordi del cristallo mentre la lingua vibra ogni volta che viene aperta l'anta. Anne Marie mi dice che non devo avere paura perché la Madonna di Lourdes, sulla piccola mensola nell'angolo, schiaccia con il piede il serpente, che altro non è che il diavolo.

Sempre nel grande letto matrimoniale vado a infilarmi la domenica mattina al posto lasciato libero dalla mamma e papà mi racconta la favola della rana che voleva diventare grande come l'elefante o quella della capretta disubbidiente. Rannicchiata contro il suo corpo, i piedi scalciano nell'attesa di quello che accadrà: papà respira profondo, sempre più profondo, mentre la rana si gonfia nei suoi occhi, ecco adesso è un pallone... e "pfuff!" papà spalanca le mani e di colpo la rana scoppia, verde e ridicola nelle sue pupille sgranate. «Adesso quella della capretta disubbidiente...» chiedo subito, anche se mi interessa meno perché non ho alcuna ambizione di diventare grande come un elefante, disubbidire invece mi assomiglia di più. E mentre papà racconta, la capretta inizia a saltare tra i fossi ombrosi della tappezzeria e bruca l'erba che non dovrebbe, sempre più lontano, sorda ai richiami della capra madre e io seguo con ansia la sua corsa spericolata fino sull'orlo del comò-burrone. Ma intanto Anne Marie mi chiama perché devo vestirmi e la mamma seduta alla toilette dorata si gira: «Dài, ubbidisci...» dice con il barattolo blu della crema Venus in mano. «Te la finisco un'altra volta» e per scherzo papà mi tira il naso. Adesso la capretta è ferma ai bordi del precipizio fra i chiaroscuri della foresta di damasco, io sguscio via a malincuore dal letto. A malincuore mi allontano dalle braccia di papà, braccia dalla pelle fina e chiara che sbucano dalla giacca del pigiama un poco simili a quelle dei burattini di Villa Borghese.

Appena ho un nuovo vestito lo faccio vedere alla cuoca Letizia ma lei ogni volta mi risponde che Lucia lo ha più bello. Sua figlia Lucia è in collegio dalle "moniche" come dice Francesco, e la domenica pomeriggio va a passeggio in fila insieme alle compagne con il basco e la mantellina di panno grigio, e quegli abiti tanto belli chissà quando li mette. Una mattina sono entrata in cucina per mostrare il mio nuovo vestito di batista bianco ricamato. Sono sicura che questa volta vincerò io. Ma come sono comparsa sulla porta, Letizia ha girato appena la testa «Lucia l'ha più bello» ha detto senza neanche degnarmi di un'occhiata. Porta la crocchia e le mancano alcuni denti davanti, ha le gambe corte e storte e le unghie dei piedi rovinate dalla troppa fatica e la mattina, se non vado all'asilo, mi invita con voce insinuante a sbucciare i piselli. Io siedo su una seggiola e sono molto brava a infilare l'indice nel baccello e farli scorrere giù uno dopo l'altro nello scolapasta. Ma se per caso sono ancora lì seduta quando papà ritorna dall'ufficio, subito lei alza la voce «Fuori, fuori!» mi grida. Sa che abbiamo la proibizione di entrare in cucina da quando mio fratello, a due anni, si è rovesciato addosso una pentola di acqua bollente; in un attimo i piselli sono spariti e io non ho più alibi per la mia presenza in cucina.

La domenica pomeriggio, quando esce con il paltò dal collo di pelliccia, mia sorella Luisa va nella sua stanza per provarsi davanti allo specchio le sue scarpe allineate una accanto all'altra nell'armadio, tutte coi tacchi e tutte scalcagnate, perché essendo Letizia molto bassa ha dei piedi da bambina. Io invece penso alle sue unghie spesse e verdastre e mi manca il coraggio anche solo di infilarle per un secondo. Sul comò c'è la fotografia dove è insieme al marito che non si sa che fine abbia fatto, lei non ne parla mai, parla solo di sua figlia Lucia. In quella stessa stanza c'è anche l'armadio dei giocattoli, chiuso a chiave. Noi possiamo ogni tanto tirarne fuori uno ma poi dobbiamo rimetterlo a posto perché non ci devono essere troppi giochi in giro e bastano quelli che abbiamo in camera. Chiuso in quell'armadio c'è anche il bambolotto Lenci con il vestito di organdis rosa che mi ha regalato la contessa Carrassi quando ero in clinica, adagiato in una lunga scatola di paglia con dei fiori sul coperchio. Una scatola che si è rivelata una merce di scambio molto importante con mia sorella Teresa.

Ha, Teresa, solo un anno più di me ma è alta e forte il doppio. È generosa e non ha paura di niente, lei mi ha insegnato l'*Ave Maria* e il *Padre nostro* quando la sera a letto restavamo sole al buio. Gioca con me sottostando a quasi tutte le mie pretese, come quella di fare io la mamma e lei la figlia imitando la voce di un bebè, piegata sulle ginocchia. Ma ogni tanto non le va e allora io la ricatto: «Se non fai la mia bambina (situazione che mi piace alla follia) almeno per dieci minuti, mi riprendo la scatola della contessa Carrassi» In quella scatola lei mette con grande ordine gomitoli di lana e uncinetti, forbici, ditali, rocchetti colorati di filo. Una volta si è stufata dei miei continui ricatti e me l'ha restituita, io ci sono rimasta malissimo.

Quando giochiamo alla scuola lei e Luisa si annodano in vita un telo bianco da stiro e un altro lo usano per coprirsi la testa chiudendolo sotto al mento con una spilla da balia, e diventano Madre Enrichetta e Madre Albertina. Io invece uso come gonna il grande fazzoletto di cotone a fiori che serve a schermare la luce sul comodino la notte, e sono la maestra. Mai una suora, nel timore che per un incantesimo la divento per davvero. I bambolotti, seduti di sghimbescio sulle seggioline azzurre, sono gli scolari e mia sorella Luisa come Madre Enrichetta comanda su tutti, ma soprattutto su di me che sono solo una maestra.

Altre volte interpretiamo i pochi film che abbiamo visto al cinema e Luisa e Teresa possono allora usare come gonna lunga ai piedi la mantella della divisa da piccola italiana, ma io non possedendola (papà dice che due, di divise, sono già troppe) devo ancora arrangiarmi con il fazzoletto di cotone a fiori. La prima di noi che dice «Io sono come Olivia de Havilland in *Robin Hood*» o «come Merle Oberon in *Voce nella tempesta*» è bella come Olivia de Havilland o affascinante e bruna come Merle Oberon. La mia preferita è un'attrice di un film con Gary Cooper, ma non conoscendone il nome, urlo «Io sono quella di *Anime sul mare*!» e in questa gara ogni tanto riesco a bruciarle tutte e due, Luisa e

CORRIERE DEL
CORRIERE

Teresa. Anche se poi non ho la mantella da piccola italiana per la gonna lunga ai piedi.

La famiglia come singoli prodotti di una stessa materia. Materia che può dare esiti felicemente lisci e compatti o al contrario irti di asperità. O addirittura di dubbio aspetto. A volte, ma è raro, anzi rarissimo, il risultato è un prodotto imprevedibile e strabiliante. Ma essendo la componente strutturale comunque la stessa, una piccola spia, appena percettibile, è quasi sempre in grado di rivelarne l'origine. Particelle infinitesime e pigmenti solo apparentemente estinti, suoni e odori che sembravano ormai sprofondati nelle caverne del tempo. La nostra, di componente, si manifestava in un quartetto di dissonanze che si sovrapponevano nei litigi e nelle risate demenziali, irragionevoli. Nelle urla e nei graffi a sangue. Nei morsi che lasciavano l'impronta dei denti sulla carne. Nei giochi dove tutto era inventato e fittizio e vero nello stesso tempo. Nelle rabbie incontrollabili e in un linguaggio complicato dai dittonghi alla fine delle parole che mandava in bestia papà. Una bandiera in alto sul pennone: Mai fare la spia, meglio morta.

Vetri mandati in frantumi e palle e palloni di tutti i tipi: con i colori della Lazio o del Torino, del Papa. Ferite fasciate in fretta che macchiano di sangue le lenzuola. Ancora oggi avverto la presenza di quella componente nelle scarpette dei bambini allineate in bagno, nel loro tip-tap sui pavimenti. Nella puzza intollerabile di quelle degli adolescenti, angeli-diavoli dai capelli arruffati. L'assenza di questi rumori e odori mi spaventa. Ho amato tanto Vado perché la sua solitudine era popolata da una miriade di tazze e tazzine sbeccate, piatti spaiati di porcellane famose superstiti nelle credenze insieme a pentole di alluminio ammaccato e padelle senza manico. Bicchieri di baccarat verde pallido e vecchi barattoli di vetro senza coperchio. Il frigorifero Fiat 1940 dallo sportello bombato e l'interno perennemente gocciolante. Letti di ogni dimensione, ampi come barche per affrontare l'oceano della notte o poco più che scatole per imprigionare il sonno di lattanti. La teiera panciuta disegnata di scene agresti. Gigantesche affettatrici ruggi-nose e un numero sterminato di coperte e copriletto, trapunte, plaid tarlati. Tutto riproponeva di continuo la loro storia e il loro chiasso, i nastri nei capelli e le filastrocche senza capo né coda. Fronde lussureggianti di platani piegate su altalene rotte e fantasmi di bambini e di cani. Il quadro che occupava una intera parete del soggiorno, di dimensioni degne di Versailles, li celebrava ancora nel fulgore del possesso: Re dei meli e Imperatori delle Apuane. Vendere Vado è stato un omicidio-suicidio.

A volte l'inverno il silenzio era così profondo che avvertivo lo scricchiolio dei tarli e sul vetro appannato dal fiato disegnavo con il dito le nostre iniziali intrecciate, la pioggia che gocciolava giù nel buio. Gli ultimi due anni un passero sbatteva di continuo contro una delle finestre al piano superiore. Sempre la stessa. Ingannato dal riflesso delle foglie dei platani? Il rumore del becco sul vetro era ossessivo come se volesse comunicare qualcosa. Cosa? Un avvertimento?

Ma noi uscivamo come sempre per andare a cena a Forte dei Marmi e come sempre il salmastro che impregnava il legno finto marinaro del ristorante si mescolava all'odore del pesce. Il rumore lento delle onde che si disfavano sulla sabbia, il sapore del vino. Tutti ci conoscevano. Perfino la ragazza, sempre la stessa, che accoglieva sorridendo i nostri paltò ci seguiva con lo sguardo mentre il desiderio accumulato nelle ore di silenzio crepitava come un piccolo falò.

È l'agosto del 1937 e invece di tornare come ogni estate a Ortisei dove un'ultima fotografia ci immortala sul terrazzo della casa del signor Stuflesser vestite da margherite, il viso che sbuca dagli immensi petali di carta crespata bianca, andiamo per la prima volta in Val d'Aosta. A Saint Vincent. Ho portato con me una singolare bambolina di celluloide che mi è stata regalata per il mio compleanno: indossa un costume da bagno azzurro e in mano regge un ombrellino da sole. Non la lascio mai perché mi appare di estrema rarità e bellezza e perfino la notte l'appoggio accanto a me sul cuscino.

Nella casa che ha affittato per noi la zia Lilli non c'è la stanza da bagno. Mancanza che ha sconcertato molto la mamma al suo arrivo, a cui del pittoresco del luogo, vantato dalla zia, non importa nulla. Così una volta alla settimana la Berkhoffer, la svizzera di mezza età che ha sostituito Anne Marie andata sposa a un intagliatore di legno, ci porta all'Hotel Billia dove ci striglia a fondo in un maestoso bagno dai rubinetti scroscianti; e dopo ci avvolge in lunghi accappatoi bianchi e ci asciuga i capelli con il fon. A me sembra ogni volta un'avventura eccitante perché l'albergo è una specie di castello con due torrette a cuspide e il portiere è vestito come il Grillo Parlante, perfino il liftier che ci porta su in ascensore ha la divisa corredata da una doppia fila di bottoni d'oro.

Ci sono a Saint Vincent mosche dappertutto: sulla merda delle vacche per strada e sul tavolo in giardino, in chiesa e in cucina, sulla coperta del letto e sul tavolo da pranzo. Mio fratello Pierino gli spara con una pistola a turaccioli. In poco tempo diventa un tiratore scelto e nei giorni di pioggia si esercita sui vetri delle finestre che vengono tempestati di macchioline sanguinolente. Davanti alla casa si alza rigoglioso un albero di pere che il padrone coglie con uno speciale strumento formato da una lunga asta alla cui estremità è agganciato un sacchetto: appena una pera è matura, con una sola, abile mossa la stacca dal ramo facendola piombare dritta nel sacchetto. Poi la offre galante alla mamma. A me sembra vecchio ma la mamma la accetta con il suo sorriso accattivante mentre la moglie, sulla porta, lo guarda severa e arcigna.

Ma il giorno prima di partire, mentre torniamo dall'ultimo bagno all'Hotel Billia, al momento di attraversare la strada, un ragazzino mi strappa di mano la mia bambolina con l'ombrellino da sole; e prima che io possa reagire, è sparito. Il dolore della perdita è inaspettato e irrimediabile perché oltre alla sua amabile compagnia perdevo anche la protagonista ideale di una grande quantità di storie.

L'inverno seguente sarà quello degli "orecchioni" (*parotite*, la chiama il professor Luzzatto). A gonfiarsi di più sono io che divento come la rana della favola: nello specchio il mio viso è una palla e il primato non mi dispiace. Ma una volta guarita comincio a dire che mi è rimasto dentro un orecchio il cotone con cui me lo puliscono dopo il bagno. Una rapida ispezione dell'orecchio incriminato e una leggera botta sul sedere «Va' là, che non c'è niente...» Infatti non c'è niente: sono diventata sorda dall'orecchio sinistro. Ad accorgersene è papà una domenica che sediamo tutti insieme a tavola, e una volta finita la frutta prova tappandomi con una mano l'orecchio destro e contemporaneamente lusingandomi con promesse di cioccolatini e caramelle mentre io lo guardo non afferrando una parola di quello che dice. Prova la mamma, e il risultato non cambia «È vero, non sente, non sente!...»

Il primo otorino è il professore Auriti, un bonario grassone di mezza età che ha uno specchietto rotondo fissato sulla fronte e con quello concentra la luce sul minuscolo imbuto che mi ha infilato nell'orecchio. «Niente» dice tirandomi con forza il padiglione auricolare «dentro non c'è niente, è tutto a posto» Dopo mi appoggia in mezzo alla testa una grossa pinza metallica (uno strumento che mi perseguiterà per anni) e mentre la pinza inizia a vibrare, io devo dire da che parte l'avverto più forte. Sorda completamente a sinistra, non posso indicare *quale* parte. La sento e basta, ma per non passare da bugiarda dico: a destra. Il risultato è una serie di iniezioni endovenose di calcio per risvegliare il nervo acustico sinistro indebolito. Per fortuna il mio braccio è magro e il blu della vena ben visibile. Ma la repulsione per l'ago, che buca la fragile parete bluastra che affiora inerme dalla mia carne serrata in un laccio, non mi abbandonerà mai più.

Cicale, grilli. Il nostro nome gridato da una stanza all'altra. I nostri passi lungo il piccolo fiume Lombricese che segna il limite del giardino (ma si può chiamare giardino un insieme di prati incolti dove brucano le pecore e dei cespugli inselvatichiti dai rovi, il groviglio di piante delle sponde?). Ben altra cosa è salire a Candalle. Solo noi e gli uccelli, l'ultimo essere umano che incontriamo è la vecchia al ponte che sovrasta la gola dove il fiume scorre tenebroso verso valle. Ci guarda immobile vestita di nero, forse ci aspetta al varco come Atropo, la Parca pronta a reci-

dere il filo dei nostri giorni. Ma l'incanto del luogo è troppo forte e saliamo in un paesaggio vergine fra sponde altissime e inaccessibili che assomigliano, nella loro maestosa solitudine, all'Amazzonia. E nel punto più incassato, dove la vegetazione sembra arrivare al cielo ridotto solo più a uno spicchio azzurro, l'acqua precipita spumeggiando per allargarsi giù in una pozza lucente fra i lastroni grigi di pietra. Noi scendiamo attenti a non scivolare: l'acqua è gelida e calma, trasparente sulla pelle, le pietre calde di sole.

Anche la gelosia ha in questa estate nuovi colori e temperature mutevoli. Può affondare i suoi artigli nella carne o sfiorarla appena, velarsi di grigio o mandare improvvisi bagliori rossastri; ma può anche scricchiolare come sabbia sotto i denti e battere i suoi rintocchi direttamente nelle viscere. Eppure è una stagione sfolgorante che si compone e scompone nella miriade di disegni di un caleidoscopio. Tra le foglie dei platani il sole batte sul grande letto di noce dove sono state concepite tutte quelle femmine "Cinque dolci sottane fra il sofà e la radio/ Gabetto, i compiti sul tavolo/ Se qualcuno mi ha amato/ ha amato voi..." così la tua poesia.

Alla fine era arrivato il maschio, l'unico, l'ultimo, sballottato fra le onde di tutte quelle voci femminili. Potrebbe adesso quel letto diventare una barca dove al centro come nella vecchia canzone francese "la ri-

vière est profonde / tous les chevaux du Roi / y viendront boire ensemble..." Ma forse è soltanto un guscio di noce, un dinghi, la barchetta a vela del ragazzo salutato alla nascita da cento colpi di fucile.

L'estate del 1938 andiamo per la prima volta a Cortina, a Villa Nord, dove a differenza di Saint Vincent c'è una vera stanza da bagno. Io per la prima volta divento amica di un cane, un bellissimo pastore scozzese dal pelo lungo e il muso affilato che appartiene al padrone di casa. A Cortina non ci sono mosche ma prati pieni di fiori. C'è il pescivendolo vicino al ponte sul Boite che vende le trote tirandole su vive con un retino da uno scatolone di vetro. E il fotografo Ghedina che colora a mano i negativi in bianco e nero. C'è il bosco di Fiames dove gorgogliano i ruscelli e si allargano radure magiche, luminose di felci; e a volte, come nella favola di Hänsel e Gretel, la testa di una vecchina vecchissima compare con gli occhi come cuciti sul vetro di una minuscola finestra, il fumo che esce in una spirale dal comignolo di una casina di legno. Noi ci allontaniamo di corsa.

In chiesa, di fianco all'altare, è dipinto *Il Giudizio di Salomone*: il Re di Israele siede sul trono al centro e davanti a lui un soldato regge con una mano un bambino nudo, a testa in giù, l'altra mano pronta a calare la spada per dividerlo a metà. La finta madre è lì impassibile ad aspettare la sua parte, le mani sui fianchi, mentre quella vera si precipita implorando verso Salomone, le lacrime sul viso, disposta a rinunciare alla metà che le spetta. A me piace molto guardarlo e passo tutto il tempo della Messa a rallegrarmi dello scampato pericolo del bambino nudo.

La mamma si è comprata un bastone con il manico a corno di stambecco circondato da una coroncina di peli. Anche noi abbiamo ognuna un bastone adatto alla nostra altezza su cui attacchiamo le targhette di latta di tutti i posti dove arriviamo a piedi. O in automobile con Francesco che accompagna l'ansimare dell'Astura con il movimento della sua possente schiena: avanti e indietro, un tornante dopo l'altro.

Cortina è tanto piaciuta ai miei genitori che ci torniamo per le vacanze di Natale. Nevica, la neve imbianca i binari e precipita in masse soffici dagli alberi lungo la ferrovia, scivola di traverso sui finestrini del treno in corsa. Il Grand Hotel Savoia non ha le torrette dell'Hotel Billia ma in compenso una pista di pattinaggio dove la mattina sono confinata insieme alla Berkhoffer (sono ancora una "bambina cagionevole") mentre le mie sorelle vanno a sciare sotto il controllo di un maestro che gli insegna come curvare inclinando il corpo ora a destra, ora a sinistra. Anche la mamma prova a mettersi gli sci, ma forse è troppo grassa e l'esperimento ha una durata brevissima; il tempo di farsi fotografare con le racchette piantate nella neve e una giacca bianca. Bianco è questa volta anche il mio mefisto mentre imparo a fare "l'angelo" in bilico su una gamba sola sotto lo sguardo compiaciuto della mia unica spettatrice, la Berkhoffer, avvolta nel cappotto ai margini della pista. Il pomeriggio arrivano gli sciatori stufi di andare su e giù da Pocol, e infilati i pattini si lanciano sul ghiaccio che scintilla nell'ultimo sole; per me allora non c'è più posto, posso solo guardarli. Un crepuscolo corro su in camera dalle sorelle per dare la grande notizia: in albergo c'è un nuovo fidanzamento, fra Giorgio Costanzi e una ragazza bellissima. Dopo averla fatta sedere su una poltroncina di vimini lui ha cominciato a spingerla sulla pista, la poltroncina slittava veloce e lei rideva con i capelli che le sfuggivano dal berretto; alla fine l'ha tirata su abbracciandola per non farla cadere.

I Costanzi sono i nuovi amici dei miei genitori, un fuoco di paglia destinato a estinguersi di lì a poco con la dichiarazione di guerra che li vedrà schierati su due opposti versanti (niente a che vedere con l'amicizia leggendaria fra papà e Enrico Fioravanti nata nelle aule del Politecnico di Torino e destinata a durare tutta la vita, fino al giorno che il suo grande amico avrà il cuore letteralmente spezzato dalla morte del figlio in Russia, nell'inverno del '43).

Abitano, i Costanzi, un attico su due piani a via Nazionale e hanno un cuoco che si chiama Zeno, un fox-terrier a pelo riccio che pettinano con un pettine d'argento. Io sono diventata amica della loro figlia più piccola, Flaminia, e qualche volta pattiniamo insieme al Circo Massimo, lei porta un bolero di castorino e chiama la sua governante francese *mademoiselle*.

Oltre alla sua stanza piena di giochi ne ha a disposizione un'altra dove possiamo divertirci a tirare fuori da una cassa dei vecchi abiti da sera e dei larghi cappelli con le aigrettes, un boa di struzzo. Uno solo, che ogni tanto Flaminia mi presta. Perfino la cameriera Olga è di sicuro molto ricca perché per la Prima Comunione le ha regalato una spilla d'oro bianco a forma di gallo con una grossa mezza perla. In salotto c'è la fotografia della figlia del

Re, Jolanda, vestita da sposa, e accanto a lei Flaminia che regge il velo. Il matrimonio è stato celebrato nella loro villa di Spello e la mia amica è stata la damigella d'onore: una coroncina di rose è appoggiata sui suoi boccoli neri mentre dall'abito lungo, con le maniche corte, spuntano le scarpette di raso bianco. In un'altra cornice il Duce, in divisa e con il fez nero, ha scritto di suo pugno la dedica. In un'altra ancora, ma più piccola, una ragazza sorride, il viso inclinato di lato e tante piccole onde bionde di capelli: quella è la fidanzata inglese del fratello maggiore di Flaminia, Giorgio. Ma adesso chissà cosa succederà perché noi stiamo diventando nemici dell'Inghilterra. Il cuoco Zeno ci prepara per merenda dei tramezzini a più strati con prosciutto e burro come non ne ho mai visti e *mademoiselle* sorveglia che non ne mangiamo troppi.

Abbiamo anche noi adesso un palco all'Opera accanto a quello dei Costanzi e la mamma, dalla sua sarta, la Del Monte, ci ha fatto confezionare tre vestiti di velluto bordeaux e uno zucchetto della stessa stoffa da mettere in testa. Durante le interminabili prove la figlia della signora Del Monte, Anita, con gli spilli tenuti fra le labbra, esegue le modifiche; e ogni volta che si china per pareggiare l'orlo, il suo fiato mi ammorba. È bassa e porta le trecce

nere girate intorno alla testa, ha due figli ma anche di suo marito, come di quello di Letizia, non si deve parlare.

A me il vestito di velluto bordeaux non piace e tantomeno lo zucchetto. Quando la domenica pomeriggio ci ritroviamo insieme ai Costanzi per ascoltare *Turandot* o *Cavalleria Rusticana*, Flaminia indossa dei vestitini di raso dai colori pastello ricamati a punto smok e dei golf d'angora bianchi con le maniche corte. Io passo tutto il tempo con gli occhi fissi all'orologio sopra il proscenio dove le lancette scattano ogni cinque minuti, in attesa dell'intervallo, quando finalmente posso giocare con Flaminia nel corridoio parallelo ai palchi. Ma a volte lo sguardo si solleva al soffitto e si perde sulle donne che cavalcano seminude lungo la volta tra lo svolazzare dei veli, le lunghe collane di perle che si illuminano nel prorompere dei seni. Alcune more come l'etiope Aida, altre di un candore opulento e aggressivo.

I miei genitori amano molto Verdi (non tutto), Massenet, Giordano, Bellini, Bizet, Mascagni e soprattutto Puccini, ma trovano Wagner noiosissimo e quando danno una sua opera discutono a lungo se andare o meno, poi finiscono sempre per restare a casa. La mamma conosce diverse arie della *Tosca* e della *Bohème*, e quasi tutta la *Butterfly*. La sua voce leggera, intonata e piena di grazia, piace molto a papà che si incanta ad ascoltarla.

Gli sci sono lunghi e sottili, leggeri. Guardo davanti a me il cappellino celeste che sparisce e subito ricompare fra gli alberi, i polpacci magri e lunghi nei calzettoni blu, blu anche i calzoni da fondo. I maglioni invece sono vecchi, chissà a che tempo appartengono. Uno più scuro ha davanti dei riquadri giallini. La giacca a vento si gonfia nella discesa e gli sci stridono appena, un rumore lieve come uno sbattere di ali e non si fermerebbero davanti a niente. Una volta sono stata colta dall'angoscia, pensavo che saremmo morti là in fondo dove il ghiacciaio del Roseg scintillava livido nel crepuscolo: davanti a noi una discesa imprevedibile e nessuno, nessuna traccia di sentiero, solo sassi e neve vergine. Anche il sole era sparito risucchiato in un altro emisfero e il gelo imprigionava le dita. Io torno indietro ho detto, io non voglio morire, non adesso. Non adesso che siamo insieme e i giorni si disegnano uno per uno perfino attraverso le lacrime, le fauci di quel ghiacciaio là in fondo pronto a ingoiarli nel suo terrificante silenzio.

Tornavamo attraverso il lago bianco di Sils e il vento che saliva dal Maloja ci sollevava intorno turbini di neve, picchiava la schiena e tagliava quel poco di viso che emergeva dal cappuccio, si infilava dentro per mangiare le orecchie. 20°, 25° sotto zero e un'apoteosi di colori dal lilla al verde mentre le prime stelle comparivano là in cima dove il Margna è più aguzzo. Il freddo era assoluto ma anche la bellezza e avrebbe potuto esserlo anche la felicità, chi può saperlo?In un angolo della nostra stanza c'era un camino di marmo e una serie di finestre su larici e abeti, i rami piegati dal peso della neve. Al mattino un cameriere apparecchiava la colazione sul piccolo tavolo tondo al centro. Come nel 1940. Anche il telefono era rimasto uno scatolone nero e per ogni chiamata bisognava passare attraverso il portiere. Avevo una camicia da notte azzurra, l'ho bruciata con la sigaretta. Dopo cena un'orchestrina suonava delle musiche che ricordavano i cavallini in corsa su una giostra e Fanny e Alexander e slitte sul lago gelato. Compassati svizzeri le ballavano tutte alla stessa maniera. Anche noi una sera abbiamo ballato, mi sentivo ridicola. Sils Maria si è infilata nel cuore e l'ha stretto come un serpente nelle sue spire.

La prima volta che sono entrata nell'appartamento vista-lago del Crastella ho pensato: che luogo meravi-

glioso per amarsi. Era estate e il lago emanava una luce grigio argento e ancora trascolorava confondendosi col cielo. L'inverno gli sciatori scivolavano come insetti trascinati dal vento sulla sua superficie gelata. Fino a svanire là in fondo, sull'immensa distesa bianca.

L'estate del 1939, quella che vedrà l'inizio del *Blitzkrieg*, dico «Stupido!» al *signor Dussio*. Per tutta risposta lui mi molla uno schiaffo che mi lascia esterrefatta (nessuno, ad eccezione della mamma, ha il permesso di picchiarci). Lo incasso senza piangere seduta nel giardino di Villa Nord. Il *signor Dussio* è uno studente universitario a cui dobbiamo dare del lei, venuto con noi a Cortina per preparare mio fratello a entrare in prima liceo ma soprattutto per accompagnarlo durante le escursioni in montagna. Quello schiaffo preso su una poltroncina di vimini al sole fra i ribes rossi e l'uva spina è una offesa bruciante, ma anche una lezione che nel tempo si rivelerà salutare.

Al *signor Dussio*, Marcello per gli amici, piacerebbe uscire dopo cena, invece papà lo invita a sedersi accanto alla radio e conversa con lui senza raccogliere gli aneliti di evasione che Marcello manifesta canticchiando e dondolando il braccio lungo il fianco della poltrona, lo sguardo fisso alla finestra dove il Pomagagnon si spegne nell'oro rosso del crepuscolo. Papà reputa che sia più "sano" per il giovane studente di ingegneria restare a casa. Ha ventanni Marcello e la erre moscia, è alto con tanti riccioli neri. Gioca bene a tennis e gli piace fare lunghe passeggiate inerpicandosi su per i canaloni. Di sicuro gli piacciono anche le ragazze, sportive e non.

La mattina del 1° settembre abbiamo lasciato Cortina per andare a Mirabello, Francesco al volante e papà accanto al posto di guida, noi tre sorelle sugli strapuntini che, essendo soltanto due, a me, in quanto la più piccola, tocca sempre stare nel mezzo. Un pezzettino di natica da una parte, un altro pezzettino dall'altra: al centro il vuoto. Meno male che sono leggera. All'una ci fermiamo a mangiare a Vicenza. E nella penombra di un ristorante semideserto, mentre la forchetta infilza allegramente il primo boccone, a un tratto una voce gracchiante alla radio risucchia ogni immagine: annuncia, quella voce, che l'esercito del Reich è entrato in Polonia.

Fuori la tenda arancione continua a proiettare la sua ombra sulla piazza dove l'Astura si arroventa al sole, ma il coltello che sta tagliando la cotoletta nel mio piatto, si arresta. Quelle parole che per me significano poco o nulla, senza che me ne renda conto, avvolgono ora in una colata di gesso i pochi avventori, il cameriere con il tovagliolo sotto il braccio. Papà, la mamma. Il girare delle pale del ventilatore sopra la mia testa. Il blu impolverato dell'Astura che luccica al sole della piazza. La padrona a contare il resto. Li pietrificano nelle smorfie della bocca per inghiottire, nel gesto della mano per spezzare il pane e quello per portare alle labbra il bicchiere del vino. Il fiammifero che accende la sigaretta. Quel tovagliolo che ciondola da sotto il braccio del cameriere. Le dita che contano il resto alla cassa. Una cassa incredibilmente istoriata che mi appare di puro argento.

Quell'autunno abbiamo cambiato scuola. Mia sorella Luisa è entrata in I[a] ginnasio e l'Istituto dell'Adorazione ha solo le elementari. Così il 15 ottobre varco per la prima volta il cancello di ferro che si apre su corso d'Italia: e di colpo si inabissano le luci, i sapori, gli spazi che hanno caratterizzato la mia vita scolastica fino a quel momento. Non ci sono più le suore vestite di bianco con un cuore rosso trafitto, le aule luminose e il giardino che si affaccia sulla valle dell'Aniene, i fragoloni rossi innaffiati da Suor Lucilla. Non c'è più neanche l'ispezione delle unghie. Nel grande androne grigio tutto è rumoroso e caotico, buio, polveroso e le ante degli scorrevoli sbattono con fragore, io aspetto seduta su una panca accanto a una bambina che è entrata come me in terza elementare. Porta i capelli con la frangetta, pochi, neri e lisci e il viso incredibilmente tondo ha nel mezzo un minuscolo naso. Dice di chiamarsi Giovanna e non sembra per niente turbata dalla confusione che ci circonda o dalla puzza di cavolo che sale dalla cucina. Ci consegnano un grembiule rosa a pallini bianchi, io sono profondamente delusa perché se fossi rimasta all'Adorazione avrei avuto finalmente diritto al grembiule nero. Giovanna invece se lo infila tranquilla, è grassa, e quando arriva il momento della merenda tira fuori dal sacchetto un panino con una fetta di lardo.

La nuova divisa non ha nulla della grazia della casacchina dell'Adorazione, nessuna piccola cravatta blu che diventava bianca nei giorni di festa, ma delle goffe piegone dritte che cancellano ogni forma del corpo, serrate sul petto delle più grandi per mortificarne ogni possibile curva. Le suore vestono di viola e invece della cuffietta a piegoline inamidate portano un sottogola che lascia scoperto solo il viso, una croce bianca disegnata sul petto. Si chiamano Madre Immaculée, Madre Rosaria e Madre Elena, e l'anellino d'oro che le consacra spose di Cristo lo usano per battere sulla ringhiera delle scale e ottenere silenzio quando saliamo in classe. La mia maestra è la signorina Menghetti e sulla prima pagella mi mette otto in condotta perché mi dondolo sulla sedia.

Quell'inverno sono stata malata per più di sessanta giorni, oltre due mesi di assenza che hanno rischiato di farmi rimandare a ottobre. Mi ammalo perché al refettorio non mangio niente, tutto mi fa schifo ed è oggettivamente ripugnante. Sediamo a dei lunghi tavoli coperti da un'incerata e a turno una di noi finisce quello che ha nel piatto in modo che le altre possano schiacciarci sotto quello che lasciano nei loro. I piatti vengono poi impilati uno sull'altro in modo che la conversa che ci serve, una specie di sguattera fra le suore, se li porti via tutti insieme. Ma a volte Madre Elena che ci sorveglia dall'alto di uno scranno se ne accorge e ci costringe a mangiare il riso o i cavoli spaventosamente spiaccicati. Ho una terribile nostalgia del crème caramel e delle posate d'oro di Diego Carrassi. Durante il pranzo dobbiamo stare in silenzio mentre Madre

Elena ci legge qualche vita edificante, solo alla frutta arriva il *Deo Gratias*: e di colpo si scatena un frastuono assordante. In compenso alla ricreazione nel piccolo giardino, che confina con corso d'Italia, giochiamo a palla prigioniera o a guerra francese e siamo libere di rincorrerci, spingerci e urlare fino a restare senza fiato. Io mi diverto moltissimo e i capelli mi si appiccicano in testa dal sudore. Così il giorno dopo ho la febbre.

Sono diventata blandamente amica della bambina con il viso tondo e la frangetta e vengo ogni tanto invitata a giocare a casa sua. Abita un pianterreno con un giardino dai vialetti di ghiaia e una vasca di pietra senz'acqua perché altrimenti, dice, i suoi fratelli maggiori ci finirebbero dentro con tutta la bicicletta. L'appartamento è grande e buio e alle pareti sono appesi i ritratti dei suoi antenati fra cui anche un Papa e per merenda mangiamo pane e burro mentre la Berkhoffer chiacchiera con la loro sarta a giornata. Una sarta che non finisce mai di rattoppare i pantaloni dei fratelli di Giovanna perché ne strappano un paio al giorno. Noi giochiamo con i costumi da carnevale di sua mamma e dei suoi zii quando erano bambini, uno soprattutto mi piace, è da Visir con i calzoni rigonfi di raso azzurro, completo di turbante e babbucce. Ma l'assenza di luce e il colore scuro delle pareti mi mettono tristezza. Allora dico che mi è venuto mal di testa e con la Berkhoffer torniamo a casa.

Quando Pierino si mette a letto con la difterite la mamma indossa un camice bianco e noi veniamo mandate in albergo. È un momento di grande felicità perché non possiamo andare a scuola per via del tampone che ci hanno preso in gola ed è risultato positivo. Abitiamo una suite dell'Hotel Plaza e la mattina invece di arrivare trafelate davanti al cancello di corso d'Italia, mangiamo con calma una lauta colazione e verso le dieci saliamo al Pincio. Il grande piazzale è a quell'ora semideserto, anche il baracchino delle marionette è chiuso, noi sediamo al sole a leggere i giornali a fumetti che ci ha comprato la Berkhoffer con storie avventurose di ragazze dagli occhi di zaffiro.

Anche l'atmosfera dell'albergo è insolita e eccitante, a cominciare dall'immenso leone di marmo che sembra in procinto di scivolare lungo la ringhiera delle scale ricoperte da una guida rossa, la coda avvoltolata sulla schiena lucente. Ma ad attirare la mia attenzione sono soprattutto le signore allungate sui divani di velluto nel grande salone centrale che aspirano il fumo dai lunghi bocchini d'avorio, tenuti molli fra le labbra. Hanno le unghie laccate di rosso e conversano con i loro galanti interlocutori, chi in divisa fascista, chi in uniforme militare, mentre le cupole dei lampadari sovrastano con una miriade di cristalli le loro teste ben ondulate. I camerieri in frac gli servono da bere, il braccio sinistro ripiegato dietro la schiena: e al di là delle colonne di marmo la sala da pranzo ha i tavoli già apparecchiati, la serie dei bicchieri che brilla nella penombra sul candore delle tovaglie.

A noi i pranzi vengono serviti in camera (forse perché ci ritengono contagiose), in compenso possiamo ordinare quello che ci pare. Una volta alla settimana torniamo all'Ufficio di Igiene di via Merulana dove per fortuna il "tampone" continua a risultare "positivo" e io posso leggere il seguito della storia della fanciulla dagli occhi di zaffiro o le avventure di Fulmine che è la sostituzione autarchica di Mandrake. A volte ci addentriamo nei viali di Villa Borghese e io allora lascio sorelle e la Berkhoffer per arrivare fino all'orologio ad acqua che gocciola le sue ore nell'ombra. Davanti a quel filo sottile, che scivola giù nel muschio tra macchie di sole e il brillare delle felci, vengo ogni volta colta da una strana emozione: non ci sono intorno altri rumori, solo quel perenne e appena percettibile stillicidio come se possedesse, il Tempo, un'anima vegetale. E solo lì, in quell'angolo di assoluta solitudine, svelasse la sua vera natura di ninfa o fauno.

A marzo Pierino guarisce e noi torniamo a casa. La primavera dilaga ormai negli odori e nei colori, gonfia le tende alle finestre; e stare a scuola dalle otto del mattino fino alle sei di sera, mai mi è sembrato tanto duro. Il pomeriggio, quando anche la ricreazione è finita, mi chiudo nel gabinetto e salgo in piedi sulla tazza per arrivare al breve pertugio in alto, lasciato libero per portare via i cattivi odori. Da quel rettangolo di vita il mio sguardo si perde sui prati verde smeraldo di Villa Borghese, sui bambini e i cani, le fronde a ombrello dei pini mosse da uno spiffero di vento. Le macchie dei biancospini fioriti. Arrampicata su quel cesso, pomeriggio dopo pomeriggio, ho assistito alla costruzione di una piccola casamatta su una piattaforma di cemento. Casamatta che resiste ancora oggi, anche se la guerra è finita da oltre mezzo secolo.

Tutte le finestre dell'Assunzione hanno infatti i vetri opacizzati e non si possono mai aprire. Nessuno sguardo interno deve avventurarsi all'esterno, ma soprattutto nessuno sguardo esterno penetrare

all'interno. La Monaca di Monza insegna. Anche il giardino ha i muri alti tre metri per salvaguardare purezza e castità, virtù incoraggiate dai calzettoni di filo grigio e dalle scarpe nere coi lacci, dalla divisa goffa e mal tagliata. Dal pallore lievemente livido che si impadronisce della nostra pelle quando varchiamo il cancello di corso d'Italia. Le più grandi si ribellano, mettono a volte sfrontatamente calze di seta e rossetto alle guance, mordono le labbra per ravvivarle. Infilano di traverso il velo di garza bianca fermato da un elastico sotto i capelli.

Ognuna di noi ne possiede uno, ripiegato in una busta di cartone marezzato, per quando va in cappella. E sul velo, sul cartone, sul grembiule o qualsiasi altro oggetto di uso scolastico c'è un numero: io sono il 256. Lo sarò dalla terza elementare alla terza liceo. Le "interne" portano il loro numero cucito anche su mutande e calzettoni, ma loro sono una specie a parte. Tutto quello che si deposita su noi "esterne" dalle otto e mezzo del mattino alle sei di sera, quando irrompiamo fuori nella luce e nel rumore delle strade, su di loro si incrosta e si compatta. Si trasforma in grasso e penetra nei loro capelli rendendoli unti e opachi, affiora nei pedicelli simili a una costellazione. È nell'odore della loro pelle che non conosce tramontana né scirocco. Fanno il bagno una volta ogni quindici giorni immergendosi nella vasca con indosso un camicione per evitare tentazioni, la porta aperta per permettere un controllo costante dei loro movimenti che devono essere diretti unicamente alla veloce pulizia delle parti intime o meno. Anche il dormitorio, dove i letti si allineano uno accanto all'altro, separati da tende bianche, resta un luogo segreto e invisibile. Vengono, le "interne", quasi esclusivamente dal sud e la loro cadenza meridionale si identifica con la disgrazia della loro reclusione. E un sentimento terribile deve possederle quando al suono della campanella che segna la fine della giornata, ci vedono radunare in fretta i libri e ficcarli nella cartella, le mani che agguantano i paltò mentre un nuovo silenzio di luci basse striscia attraverso le porte rimaste aperte. La disparità stride a un livello altissimo. Divide noi che ce ne andiamo con il sollievo di una gabbia che si apre, da loro che nella gabbia restano come topi in trappola.

«Ah, ça c'est l'amour...» Vecchia grassa e meravigliosa che scendi indimenticabile per rue des Boulan-

gers e sorridendo ci affidi questa frase logorata e illusoria. Parigi è un diamante con lampi di luce da Luna Park e lame grigie e affilate di tetti. Folate improvvise di vento strisciano il cielo, io ho un vestito di maglia a piccoli riquadri celesti e scarpe con le suole ortopediche di corda, altre invece hanno i tacchi alti su cui un poco ondeggio, e tutte si consumano e consumano sempre a piedi da un quartiere all'altro. Le sere sono tiepide e durano tenaci nel trascolorare del crepuscolo, noi scegliamo un piccolo ristorante fra i platani di place Dauphine: bambini giocano con i cani sotto i platani e si sente il fruscio dell'acqua sotto pont Henri IV. Qualche volta attraversiamo la Senna e cielo e nuvole se ne vanno insieme al grigio dei tetti nello scorrere veloce del fiume, pronti a perdersi nella gola della notte. Noi arriviamo fino ai giardini del Palais Royal dove i tavoli sono apparecchiati all'aperto e i passeri beccano le briciole sotto la sedia: uno, due, quattro, attenti a volare via al primo movimento dei piedi.

Altre volte è il chiasso e la confusione del Pied de Cochon aperto fino all'alba. O ancora il Grand Vefour, L'Espadon, Maxim in un'euforia di vecchi figli cadetti. Un gioco che può spegnersi di colpo. E allora si deve digiunare, mangiare una mela, una banana, al massimo un cestino di fragole nello "studió" di place Louvois dove c'è il fornelletto elettrico nell'armadio. Dalla finestra si vede un negozio di frutta che rimane aperto fino a tardi la notte e la piccola e compassata signora vietnamita che lo gestisce mentre si aggira solitaria sotto al tendone fra i grappoli neri dell'uva e le mele bene allineate, gli ovali lucenti degli avocado.

Sono stata nei pochi metri quadri di place Louvois molto felice, anche se la felicità è difficile definirla perché appena uno tenta di analizzarla subito si scompone, le maglie si disfano. Questa era un cavallo pazzo con scatti imprevisti e frenate nel vuoto, a volte non reggevo il ritmo. Sempre tardi nella notte, le due, le tre, chiedevo al ragazzo seduto a leggere nella guardiola del portiere di chiamarmi un tassì. Magro e bellissimo, forse uno studente che con quel servizio notturno si pagava l'università, smetteva di leggere per trasmettere la mia richiesta al telefono, poi nell'attesa riprendeva il libro. Ogni volta mi colpivano le sue mani, le dita aperte a leggio sotto il cono di luce della guardiola, lunghe e sottili nel silenzio della notte. Mani da ritratto fiammingo, da angelo di Antonello da Messina.

Una volta rientrata al 33 di rue Vieille du Temple aprivo con circospezione la porta a casa degli amici che mi ospitavano e, cercando di non fare rumore, sa-

livo la breve rampa di scale fino alla mia stanza. Certo so di comportarmi malissimo, sempre via ogni sera, sempre elusiva. Per farmi perdonare ogni tanto arrivo a colazione con un gelato, dei dolci della pasticceria ebraica all'angolo. Poi riesco subito dopo. E se al campanello dello "studió" non risponde ancora nessuno, mi siedo su una panchina sotto i platani di place Louvois a contemplare l'acqua che scroscia dalle maestose matrone dorate della fontana al centro. La bandiera appesa fuori della Biblioteca Nazionale che dondola le sue onde morbide di bianco fra il blu di Liberté e il rosso di Egalité.

È il maggio del 1940. L'Italia sta per entrare in guerra a fianco della Germania e le scuole chiudono in anticipo. Noi veniamo subito portate a Ostia. Non esiste niente di meglio del mare, sostiene la mamma, per "tirarci fuori" da influenze e bronchiti e otiti che hanno funestato il suo e il nostro inverno. Per non parlare della difterite che ha lasciato a Pierino un soffio al cuore, e a lei tanto spavento. Della casa affittata questo giugno, quello che mi piace di più è il lungo tavolo da pranzo dal ripiano di cristallo: sembra zucchero bruciato e ogni volta che Italia lo pulisce mi viene voglia di leccarlo. Le stanze sono grandi e dalle finestre si vede la spiaggia e la doppia fila delle cabine, la mamma dice che d'ora in poi ci verremo sempre perché non c'è paragone con la casa degli Annibaldi che affittavamo gli altri anni (non sa che a Ostia non torneremo più, né dagli Annibaldi né in alcuna altra casa). A lei piace nuotare con la cuffia e le scarpe di gomma, il costume di lana con il gonnellino. Io al contrario mi muovo in mare con molta circospezione senza mai andare dove non tocco; ma quando esco dall'acqua, anche se i capelli sono perfettamente asciutti, mi sciolgo lo stesso le trecce perché Neri Alberti mi ha detto «Ti ho sognata stanotte con i capelli sciolti, eri bellissima» Io amo Neri Alberti, anche mia sorella Luisa lo ama e mia sorella Teresa. Ha tredici anni, è magro, biondo con gli occhi azzurri. Per amor suo gioco a rugby davanti alle cabine cercando di schivare i colpi più violenti; dopo mangiamo insieme per merenda un grosso biscotto Wafer ricoperto di cioccolata che si chiama Ave Caesar.

Più tardi, una volta finita la cena, mentre le prime stelle risucchiano il crepuscolo tenace di giugno, pedalo con le sorelle lungo le siepi che trasbordano dai giardini, qualche lucciola che palpita fra il bianco dei fiori. La sera ha l'odore del caprifoglio e il ronzio sottile della dinamo della bicicletta, il sapore del gelato di pistacchio.

Papà arriva il sabato pomeriggio e viene subito a salutarci. Detesta la sabbia e non ha mai infilato un costume da bagno, impeccabile in giacca e cravatta, il cappello in testa, ci chiama fuori dalla recinzione con le dita infilate fra una maglia e l'altra della rete metallica. Io esco correndo per essere la prima ad abbracciarlo, la guancia premuta contro i bottoni del suo gilet.

Il 10 giugno l'Italia dichiara guerra all'Inghilterra e alla Francia. Per essere in sintonia con quanto sta annunciando Mussolini dal balcone di piazza Venezia, il macellaio fascista di Ostia ha organizzato una manifestazione popolare. Pierino, che sta tornando da una partita di calcio, viene preso in mezzo e trascinato di forza nel corteo inneggiante al Duce; per sua fortuna avvista una fontanella e, fingendosi assetato, mette la bocca sotto il getto dell'acqua. E lì rimane con il suo pallone stretto sotto al braccio finché la piccola folla che esulta per l'imminente sconfitta delle plutocrazie demo-giudaiche non svolta l'angolo.

Al contrario di Pierino, io condivido l'entusiasmo del macellaio e al momento di andare a dormire, al suono dell'allarme accompagnato da alcuni colpi di contraerea, mi metto a saltare di gioia sul letto: evviva, finalmente vedrò anch'io una guerra! E come dice la signorina Menghetti, la nostra amata Italia ritornerà padrona del *Mare Nostrum*! In barba agli inglesi smidollati e ottusi.

Quell'estate ad agosto siamo andati per l'ultima volta a Cortina. Non più a Villa Nord ma a Villa Sara. Anche la governante è cambiata e dalla svizzera Berkhoffer già nell'autunno scorso siamo passati alla cecoslovacca Tesolin, di ardente fede cattolica.

Poco lontana è la villa affittata dai Costanzi ancora più grande e bella della nostra, basta attraversare un prato per raggiungerla. Uno dei fratelli di Flaminia si è appena fidanzato con una ragazza romana di diciannove anni. Lorenza si tinge le unghie di rosso e porta i pantaloni di flanella grigia, due cose che mio padre disapprova, non per la flanella ma per i pantaloni, anche se considera Lorenza più bella di Greta Garbo. Francesco non è venuto perché l'Astura è ferma in garage per via del razionamento della benzina. Non c'è neanche il *signor Dussio* richiamato sotto le armi. Io ottengo che mi vengano comprati dei pantaloni tirolesi come quelli di Flaminia ma, per ragioni belliche, invece che di cuoio sono di panno scamosciato marrone. Pazienza. Tanto posso girare lo stesso con le mani in tasca.

Non so se per desiderio di modernità o se convinta dalla signora Costanzi, la mamma ci fa tagliare le trecce. E subito dopo arricciare i capelli. La lunga elaborazione della permanente che prevede i capelli imprigionati in pinze bollenti, collegate tramite dei lunghi fili a un casco, a sua volta collegato a una presa elettrica, è un supplizio interminabile al limite dell'ustione. E alla fine l'immagine nello specchio è quella di una piccola nana a imitazione di Shirley Temple. Una prima esperienza, questa, determinante per la mia futura indomabile ripugnanza verso qualsiasi manipolazione dei miei capelli.

Anche noi facciamo la guerra. I nostri avversari sono i ragazzini cortinesi dei masi sparsi fra i prati verso il Pomagagnon, e le battaglie si svolgono soprattutto attraverso lo scambio di bigliettini ingiuriosi. Un pomeriggio, nell'ordinarmi di andare a prenderne uno appeso a un albero, Pierino si gira brandendo con tanta foga il bastone che impugna, da spaccarmi il setto nasale. Il dolore è orribile, ma vado lo stesso a prendere il bigliettino. Un'altra volta, per sfuggire ai nostri irriducibili nemici, mi perdo in un campo di fave e comincio a girare in tondo alla vana ricerca di una via di uscita. Sento le voci che mi chiamano ma non riesco a capire da che parte provengano, e mentre continuo ad addentrarmi in quella foresta di fave, per la prima volta la mancanza dell'udito da un orecchio, che rende impossibile ubicare il suono, mi provoca il panico. Ancora oggi mi chiedo come potessero essere quelle fave tanto alte da impedirmi ogni visuale. Probabilmente ero io molto bassa. Infatti per baciare Rienzi devo montare su uno sgabello.

Rienzi porta i calzoni alla zuava e ha gli occhi un poco da cinese, lo amano le mie sorelle e di conseguenza anche io. Ma a differenza di loro due ho scommesso che lo bacerò. Avvisato della mia richiesta, Rienzi accetta. Il luogo è un garage: Rienzi ha qualche anno più di me e i capelli lisci di brillantina, per arrivare a livello della sua bocca devo montare su uno sgabello. Ma al momento del bacio, vinta dalla timidezza, chiudo gli occhi.

Oltre a Flaminia abbiamo questa estate molti amici. Pietro Gaja porta ancora i calzoni corti, ma altri, come Rienzi, li portano già alla zuava. Mary Colonna è invece figlia di un principe. Per Sant'Elena, onomastico della signora Costanzi, abbiamo preparato una recita da una favola di Perrault. Flaminia ha per diritto il ruolo della principessa, in compenso Mary Colonna, che è alta e forte, è il Re padre. A me danno la parte del servitore. Ho una sola battuta: *c'è un signore con una cassetta*. La mamma di Flaminia ha preparato un regalo per ciascuno degli attori e io ricevo un braccialettino di legno con tanti piccoli ciondoli colorati. Non ne ho mai posseduto uno e mi sembra un regalo stupendo, più di quello di Mary o di Pietro Gaja che ha impersonato il principe perché è biondo.

Qualche giorno prima di partire Flaminia vuole che ci chiudiamo insieme in bagno per toglierci le mutandine e vedere come siamo fatte. Io ubbidisco ma rifiuto di girarmi per mostrarle le natiche. Il pube, che è ancora quello di una bambina, non ho nessuna vergogna a esibirlo e l'esperienza mi appare del tutto insignificante.

Quando nell'autunno siamo tornati a Roma, anche l'ultima Fräulein impegnata a educarci è stata risucchiata dagli eventi bellici nel suo paese natale. "Il gatto con gli stivali" l'aveva definita lo zio Nino la sera che era venuto a salutarci alla stazione mentre salivamo sul treno che ci portava a Cortina e lei calzava dei mastodontici scarponcini bordati di pelliccia. Ma per noi era, e resterà per sempre *la Tesolin*. Veniva dalla provincia di Bratislava e la sua fe-

de cattolica apostolica romana non conosceva soste, sfumature o fuggevoli ombre. Il viso era tondo e la carnagione smorta, i lineamenti piccoli e regolari. Gli occhi, piccoli anche loro, avevano un colore indefinibile fra il beige e il marrone, lo stesso delle trecce striminzite girate intorno alla testa. Ma la sua totale assenza di attrattive non era riconducibile né ai lineamenti e neanche al corpo, forse appena troppo molle, quanto piuttosto al materiale impiegato a plasmarla e dimentico del sesso, qualunque fosse. Indossava sempre abiti blu con il collettino tondo di merletto bianco: di lanetta l'inverno e di rayon l'estate, e avrebbe suscitato grande meraviglia se qualcuno le avesse chiesto, al mare, di infilarsi un costume da bagno. Mai sfiorata dal dubbio su qualsiasi dogma o pratica religiosa, durante l'ultima estate a Cortina ci invitava alla perenne meraviglia per la creazione di Dio. Così se durante una passeggiata venivamo attratte dai fiori che crescevano lungo i torrenti o ancora nei prati, ci esortava a non coglierli perché l'ondeggiare delle loro lievi corolle era ogni volta un inchino a Gesù. E ovunque intravedeva un crocifisso in legno o una nicchia con una statuetta della Madonna, si soffermava per una breve preghiera disapprovando piamente ogni nostro strappo maldestro di margherita o genziana.

Tra tutte venerava in particolare la beata Gemma Galgani che nella sua edificante, anche se travagliata esistenza, aveva dispensato fede e carità, e ora da morta elargiva copiose grazie ai suoi devoti nell'attesa di venire santificata. Non ho mai visto la Tesolin arrabbiarsi o risentirsi, lamentarsi per le nostre insubordinazioni, e le sue pene doveva di sicuro dedicarle a Gesù o alla beata Galgani perché salisse finalmente agli onori degli altari.

Ma la cosa sorprendente fu quando, dopo la guerra, venne a trovarci a Roma dove era arrivata affrontando un lungo e labirintico viaggio attraverso l'Europa per assistere al definitivo riconoscimento dei meriti della beata Galgani, che passava finalmente, grazie a Pio XII, nella schiera dei santi. Alle domande di papà, ansioso di avere una entusiastica conferma sulla mostruosità del regime comunista nel suo paese, un sorriso aveva rischiarato l'immutato colore dei suoi pigmenti «Oh no, aveva risposto, si vive benissimo! Stiamo meglio, molto meglio di prima!»

Una notte nella mia piccola stanza in rue Vieille du Temple è entrato un fantasma. Ho avvertito co-

me un macigno sulle gambe e ho aperto gli occhi: sedeva sul mio letto, i capelli scuri e lisci e il vestito a doppio petto blu. Per un istante l'ho fissato nella scarsa luce che filtrava fra le tende: stava immobile con gli occhi volti alla finestra mentre il piombo del suo corpo paralizzava ogni mio movimento. L'ho riconosciuto subito: una sua fotografia è appoggiata sulla consolle del soggiorno. So che è morto in uno spaventoso incidente sull'autostrada tra Firenze e Bologna. Era un architetto di una certa fama e a Parigi ha ristrutturato un grande albergo in rue de Rivoli. L'appartamento è suo: lo ha ridisegnato come un loft e l'unico ambiente chiuso è quello dove io dormo e prima dormiva il suo compagno, un bel ragazzo biondo che ho conosciuto una mattina a colazione. Sulla tappezzeria a minuscoli disegni bianchi e neri sono rimaste appese due piccole stampe omo-erotiche. Le posso adesso vedere oltre la sua testa con i capelli ben ravviati. Ho richiuso gli occhi annaspando alla ricerca di un poco di forza per liberarmi del suo peso, arrivare almeno alla luce sul comodino, ma le mie gambe sono inerti come quelle dei pupazzi quando ciondolano nel vuoto. Non ricordo quanto tempo ci ho messo a uscire dalla stanza: nel grande soppalco che affaccia sul soggiorno i miei ospiti dormivano tranquilli avvolti dal grigio celeste dei lenzuoli e attraverso la grande vetrata le luci notturne di rue Vieille du Temple rilucevano in basso sul cristallo del tavolo. Nero. Come metà dell'arredamento, composto solo di bianchi e di neri.

Qualche giorno dopo ho annunciato che dovevo tornare a Roma. Ho capito che i miei ospiti erano sollevati di liberarsi di me: li avevo profondamente delusi. Ma con la mia valigia di incerata nera a fiori, una valigia di moda in quegli anni, acquistata in un negozio che oggi non esiste più, morbida, leggera, in grado di gonfiarsi e sgonfiarsi secondo la necessità, invece di andare alla stazione mi sono trasferita in un albergo di rue Cardinal Lemoine. In una stanza sfrontatamente tappezzata di ogni possibile rosso.

La guerra continua: nei documentari dell'Istituto Luce che precedono immancabilmente ogni film i nostri carri armati sobbalzano come scatolette sulla sabbia della Libia mentre i biondi soldati del Reich, in calzoncini corti, fraternizzano con le nostre truppe. Ma il mio entusiasmo per la guerra si è estinto in quei quattro salti sul letto a Ostia, né ha trovato intorno alcun palpito di cui alimentarsi; così aspetto con impazienza che incominci il film. Non ci sono più Gary Cooper e Deanna Durbin e nemmeno il Capitano Blood, alias Errol Flynn. Le attrici si chiamano Maria Denis, Mariella Lotti, Alida Valli mentre i giovanotti per cui provare un tiepido trasporto hanno il viso levigato di Roberto Villa o il sorriso luminoso di Leonardo Cortese.

A maggio, quando finisce la scuola, invece di andare al mare restiamo a Roma. A Ostia gli stabilimenti sono chiusi e rotoli di filo spinato occupano adesso la spiaggia dove giocavamo a rugby, le casematte di cemento costruite a difesa della capitale hanno le feritoie puntate sul mare. La ragione per cui non andiamo a Cortina, non la so. Per agosto è stato scelto per la prima volta (e sarà anche l'ultima) il Lido di Venezia.

Fa caldo e in attesa di lasciare la città veniamo portate a Villa Borghese dove i prati sono secchi e solo verdeggiano i riquadri degli orti di guerra. Per la prima volta assisto al meticoloso rituale della chiusura della casa: le persiane riempite stecca per stecca con fogli di giornale perché non entri la polvere, i tappeti arrotolati dopo essere stati spruzzati di petrolio. I quadri ricoperti da grandi teli bianchi.

Ho dieci anni e già molte curiosità, il Lido di Venezia si rivelerà un'esperienza non secondaria.

Al posto della Tesolin, al momento di partire, è stata trovata una precaria soluzione: una bionda e avvenente svizzera che preferisce la vacanza al Lido di Venezia alla calma rassicurante del suo cantone di Vaud. Sulla spiaggia la signorina Jeanton sfoggia un costume da bagno che lascia scoperto lo stomaco, anche se un bottone all'altezza dello sterno unisce la mutandina al reggiseno, entrambi a striscioline nere e gialle. Quel "due pezzi" è il primo scandalo; e solo con una certa difficoltà la mamma riesce a farglielo sostituire con un costume intero in tinta unita. Per noi la signorina Jeanton non nutre alcun interesse e una volta che ci ha accompagnato alla spiaggia, la sua attenzione si concentra sui bagnini e gli allievi della Scuola di Marina in libera uscita. Anche il liftier del Grand Hotel Hungaria riscuote un certo successo e i loro percorsi in ascensore si prolungano in maniera insolita. Dopo qualche giorno dal nostro arrivo, mia sorella Teresa si innamora di un quindicenne in attesa di entrare nell'Accademia militare di Modena. Si chiama Luigi Caldera e per la prima volta non ne sono innamorata anche io, forse perché sono ormai cosciente di non avere alcuna *chance* essendo Teresa molto più prestante e interessata ai ragazzi, e loro a lei. In compenso seguo avidamente ogni sviluppo della storia, dal primo bacio ai seguenti. E la sera a letto, quando attraverso la finestra mi arriva la voce di una ignota cantante del caffè sul lungomare, immagino di scendere uno scalone nell'ondeggiare di lunghi e fluenti capelli al suono sincopato di quel *Ba, ba, baciami piccina, / sulla bo, bo, bocca piccolina, / dammi tan tan tanti baci in quantità,/ tarà, tarà, tarà, tarà, tarà, taràaa...* pronta anche io a incollare le labbra a quelle dell'uomo della mia vita, un lungo vestito di taffetas cangiante dal lilla all'azzurro.

Tardi nel pomeriggio, insieme a un coetaneo conosciuto alla spiaggia, vado a pescare i gamberi che vagano minuscoli e numerosi lungo il cemento del molo. L'ombra dei tendoni si allunga davanti ai capanni deserti e i bagnini vanno avanti e indietro lisciando la sabbia con il rastrello, quasi fosse il pelo arruffato di un gatto, mentre il sole già basso diluisce ogni fulgore nella distesa opalescente del mare. Non c'è più nessuno, ma soprattutto nessuno che mi ordina di cambiarmi il costume bagnato o di mettermi la maglietta, e al ritorno mi fermo con il mio compagno di pesca a comprare la frutta caramellata alla bancarella fuori lo stabilimento: un bastoncino dove si alternano una dopo l'altra albicocche e susine avvolte da una bionda crosta di zucchero. Poi lui se ne va con il secchiello dove annaspano i nostri minuscoli gamberi in agonia e io torno di corsa all'Hotel Hungaria già in fermento per la cena, gli zoccoli che picchiano sull'asfalto.

Quell'estate ho fumato la mia prima sigaretta. Sono entrata dal tabaccaio e ho messo i soldi sul banco, poi con le mie cinque Nazionali sono andata in un angolo solitario del giardino e ne ho accese due, una dopo l'altra, tentando invano di comporre dei cerchi di fumo. Il mio errore è stato di non sciacquarmi la bocca prima di avvicinarmi alla mamma, subito lei ne ha avvertito l'odore nel fiato. Oltre al sequestro lampo delle sigarette mi ha fatto giurare che non ci avrei riprovato mai più. Solo a questa condizione accettava di non dirlo a papà. Ho giurato. A scanso di ulteriori tentazioni si è fatta consegnare anche tutti i miei risparmi: dieci lire. È finita così, in un vialetto di ghiaia dell'Hotel Hungaria, nell'ombra protettiva di un pergolato di rose, la mia aspirazione a diventare una disinvolta signora "moderna" come quelle che intravedevo di ritorno dal Pincio, allungate sui divani dell'Hotel Plaza. Ma il sequestro delle dieci lire ha significato anche la fine delle squisite albicocche e susine caramellate. Per me e per il mio compagno di pesca.

In quell'agosto 1941, mentre sui manifesti giganteggiava il naso adunco di Ferdinand Marian in *Süss l'ebreo* e le sue mani lorde di sangue, si è anche definitivamente sfatata la teoria del bambino deposto in una cesta davanti alla porta di casa. Teoria che già da tempo mi trovava scettica ma a cui non riuscivo a trovare una sostituzione plausibile. E che oltretutto mi aveva sempre preoccupata: se infatti mi avessero lasciata per errore davanti alla porta sbagliata? Per esempio quella dei nostri vicini, i Della Seta, che erano ebrei? Sarei stata io ebrea? La risposta è venuta da una mia coetanea più evoluta di me mentre la signorina Jeanton faceva su e giù con l'ascensore e noi due oziavamo libere in giardino nella canicola del primo pomeriggio: «Ma come, non lo sai? I bambini nascono dalla pancia della mamma...» «Come dalla pancia?» «La pancia, questa!» e con le mani ha disegnato il suo ventre che si gonfiava; e subito dopo, tirando su la gonna, mi ha mostrato da dove uscivano. Nessuna delle due si è chiesta quale fosse il ruolo del padre. Così la sera, a letto, nella mia testa si è configurata l'idea che quando gli sposi dopo la cerimonia spariscono in sacrestia "per firmare", in realtà viene loro incisa una vena per mescolarne il sangue.

Il giorno che siamo partiti per Mirabello, la signorina Jeanton è stata congedata e il direttore del

Grand Hotel Hungaria ci ha regalato una scatola di cioccolatini chiusa nel cellophane. Mentre la depositava nelle mie mani non sapevo che quella scatola, ingentilita da alcune rose in rilievo, sarebbe diventata lapide, culto e memoria del più sublime fra i cibi.

Da due mesi infatti è iniziata la nuova campagna di Russia e fra poco dichiareremo guerra anche agli Stati Uniti. Il nostro Re non è più Imperatore e il Negus Hailé Selassié ha ripreso possesso del suo trono rientrando trionfalmente ad Addis Abeba. A bordo, ironia della sorte, di un'Alfa Romeo rossa. E per quanto riguarda le nostre divisioni schierate a fianco dei camerati tedeschi in nord Africa, stanno per subire una scudisciata che da El Alamein le rispedirà indietro per ottocento chilometri. Ma seduta nell'automobile che ci sta portando all'imbarco del vaporetto, stringo felice la scatola Perugina legata da un vistoso nastro variopinto. Nell'attesa di poterla aprire appena arrivata a Mirabello.

È Mirabello il nome simbolo dell'esistere. La casa, all'apparenza simile a uno sfilatino, si allunga giallina in una sequela di stanze (quante? non le ho mai contate) nello sbattere inconfondibile di inconfondibili porte, affiancate sul retro dall'interminabile budello del corridoio. Scritte in latino, incorniciate da volute color ocra, sovrastano benauguranti le numerose porte-finestre mentre un'aura che non ha uguali si avverte già nel suono dei passi sul viottolo che conduce all'ingresso. Nell'odore di mele e pietra appena si varca la soglia.

Nel corso di due secoli le suddivisioni fra i vari rami della famiglia, nel momento che papà ha voluto ricomporre la casa nella sua struttura originaria, hanno prodotto due cucine, due sale da pranzo, due scale, tre salotti, due salottini. Una Camera della Strega e una Camera degli Spiriti. Un Infernotto.

Tre soffitte. Con le basse finestre a livello delle assi sconnesse del pavimento sono loro le custodi della memoria di Mirabello. Loro sfidano, con il groviglio degli oggetti accatastati negli angoli, il ronzio minaccioso delle api che nel sole radente del pomeriggio si fiondano, avide, sull'uva stesa sulla paglia. Ma forse i veri cultori della memoria sono i ragni, lì da innumerevoli generazioni, da quando Napoleone era ancora un giovane cadetto e la ghigliottina funzionava a pieno ritmo nella Francia di Robespierre. Loro possiedono la storia e l'oblio degli oggetti più disparati accumulati nei secoli, loro li imprigionano insieme alla polvere e alle incaute api formando quell'ovatta fumosa che li rende repellenti, e intoccabili. Nella prima delle soffitte, esattamente in corrispondenza della Camera degli Spiriti, appoggiata su un cavalletto, troneggia la grande bara che è servita per il trasporto della bara più piccola al cui interno era distesa la nonna, morta di cancro a Roma il 5 marzo del 1922. Intorno le corone funebri di fiori di ferro drizzano ancora le loro corolle stinte, le foglie arrugginite e aguzze. E poco lontano è il baule con l'infinità delle boccette di medicine che non sono riuscite a sconfiggere il male, un dolore tanto atroce quello del figlio da dargli il desiderio di conservare tutto. Dalle bende che hanno fasciato le parti piagate, al crocifisso che teneva stretto fra le dita negli ultimi istanti di vita.

Una Nonna mito e deità: regge in una mano l'*orgnon* e indossa un mantello nero dal collo di pelliccia, dischiuso sulle trine dell'abito. Sorride, ma non troppo. L'immagine, sempre la stessa, è presente in una ripetizione infinita in tutte le stanze della casa, la cupola dei capelli che la incorona regina, Suprema e Unica, sia sulla tappezzeria a festoni rosa della mia stanza che su quella a foglie di quercia, intrammezzate di ghiande d'oro, della grande camera matrimoniale. O ancora tra i fiori esotici del salottino cinese.

Fino a giganteggiare con il medesimo benevolo

sorriso e le trine nere dell'abito nel grande quadro a olio in sala da pranzo a Roma, dipinto dopo la sua morte, che la rappresenta in piedi, accanto al figlio seduto alla scrivania.

Ma Mirabello è il suo Regno e continua a manifestarsi negli scricchiolii notturni, nelle volute che si attorcigliano negli angoli dei soffitti. Nella sensazione unica e irripetibile che si avverte non appena l'automobile imbocca il viale delle settembrine e la casa inizia a delinearsi tra le fronde degli alberi. Non faccio a tempo a scendere dal mio incomodo posto fra gli strapuntini che già un'eccitazione felice mi spinge a correre sul viottolo di mattoni per vedere se ci aspetta, come ogni anno, dietro le persiane socchiuse, un piccolo gatto miagolante. Un regalo di Garbarino, il vecchissimo angelo-guardiano senza più denti di quando papà pedalava su un biciclo dalla gigantesca ruota anteriore e l'acqua veniva tirata su dal pozzo, la nonna prendeva il bagno in una vasca di zinco messa a scaldare al sole.

Niente riuscirà a strapparmela questa sensazione di unicità del luogo, neanche quando le zie e le prozie arriveranno in visita salendo lentamente il viale delle settembrine e io verrò spedita a infilarmi un grembiulino pulito, celeste a pallini bianchi. Per poi offrire insieme alle sorelle i cioccolatini nel salottino cinese, rifiutando con grazia di prenderne uno anch'io (perché Mirabello o non Mirabello, il cioccolato "riscalda". Soprattutto i bambini).

Il nostro luogo prediletto è il noce davanti alla casa, un albero centenario sul quale sostiamo come scimmie svolgendo le attività più diverse, dal leggere al litigare, al mordere la merenda. O semplicemente a non fare niente, la corteccia che raspa la pelle nuda delle gambe. La sua ombra, particolarmente provvidenziale nelle ore più calde del pomeriggio, protegge le nostre teste mentre, sedute su un gradino, passiamo ore a schiacciarne i frutti ancora freschi pelandoli pazientemente uno per uno, senza turbamento alcuno se un pallido vermetto ne sguscia fuori con rapidi, scivolosi contorcimenti.

Vado anche io a pescare le rane, una gamba di qua e una di là del canale di irrigazione: piccole, viscide, scorrono silenziose sotto il velo dell'acqua e la mano deve essere rapida nell'afferrarle, prima che in un guizzo spariscano fra la melma del fondo. Dopo le metto in una scatola di cartone e le conto; e una volta a casa le dimentico su qualche davanzale. L'indomani sono delle piccole foglie giallastre con le zampine rigide e la pancia bianca rivolta all'insù. Ma la crudeltà della loro sorte non mi scalfisce. Mia sorella Luisa strappa le ali alle vespe e Pierino è molto abile nel catturare le lucertole usando un gambo flessibile come cappio, il piccolo corpo che si dimena fino alla morte. Colleziona farfalle che uccide con un batuffolo di cotone imbevuto di etere, dopo ne distende le ali e le inchioda con gli spilli a un coperchio di legno. È bravo anche nel prendere le carpe e resta ore in attesa immobile con la canna da pesca lungo il torrente Grana, avvolto da un nugolo di zanzare; ma poi, una volta cucinate, rifiuta di mangiarle. Non mangia alcun tipo di pesce o di pennuto, nemmeno se la mamma cerca di contrabbandare il petto di pollo per vitella.

Il pollo a Mirabello, sotto le più diverse spoglie, viene servito a tavola quasi ogni giorno. I fittavoli, per contratto, ne devono consegnare un certo quantitativo di chili e ogni settembre arrivano con il vestito della festa e le galline e i capponi ancora vivi appesi al manubrio della bicicletta a testa in giù, gli occhi tondi di terrore. Galline e capponi che in attesa gli venga tagliata la giugulare rimangono chiusi in una gabbia nella "stalletta", lo scuro antro che serve di passaggio dal giardino alla casa di Angiolinamadre (chiamata così per distinguerla da Angiolinafiglia). Lei e il marito sono i guardiani, in realtà sono l'anima agreste e segreta di Mirabello. Vittorio, prosciugato da una vita di vanga e zappa, è piccolo magro e mite e spacca la legna su un ceppo nel fremito dei baffi, bianchi come quelli del nostro Re. Angiolinamadre, dopo aver procreato un numero insondabile di figli, è vecchia anche lei, anche se un po' meno, è grassa e ha occhi azzurri tristi. C'è sempre qualcuno che la manda a comprare quello che "manca": dalle cipolle al filo per cucire, da un quaderno al sapone, al lucido da scarpe, e lei va e viene con la culla del seno che le balla sulla pancia. Suo è anche il compito di fare il bucato ogni quindici giorni e sulla spianata di cemento, davanti al garage, accende un gran falò sotto l'immenso pentolone nero dove affogano lenzuola e asciugamani, tovaglie, tovaglioli, canovacci. Il fuoco crepita fra gli sterpi mentre lei rimescola con un lungo bastone, piccola, sfatta, sudata, la crocchia grigia dei capelli un tempo biondi che si scioglie nella fatica; e man mano che si forma la cenere la raccoglie con una paletta per buttarla nel pentolone a sbiancare asciugamani e tovaglie. Alla fine stende ogni cosa sui fili sorretti in mirabile equilibrio da alcuni bastoni a forcella. Ma se splende il sole il bucato giace supino sul prato concentrando ogni luce sui grandi rettangoli delle lenzuola.

Ad Angiolinamadre spetta anche l'esecuzione di capponi e galline. Seduta su una seggiola mette l'a-

nimale fra le gambe, poi con una mano gli strizza il collo, e quando il pollo apre il becco, l'altra mano è pronta a dare un taglio netto di forbici nella gola. Dopo lo appende a testa in giù e il pollo starnazza un attimo dimenando disperatamente le ali prima di afflosciarsi per sempre, un rivolo scuro di sangue che scivola giù dal becco in macchie cupe e rotonde sul pavimento.

Ma una volta arrivati in tavola, sia capponi, sia galline richiedono una lunga masticazione. Comunque cucinati, arrosto, lessi, in padella coi peperoni, affogati nel pomodoro, per vendetta la loro carne rimane coriacea, la polpa restia a staccarsi dalle ossa. I fittavoli infatti, a saldo del loro debito calcolato in chili, scelgono sempre le bestie più vecchie perché più pesanti.

Se Vado dovesse avere uno stemma, nel mezzo campeggerebbe una mela. Mele rosse, verdi, gialline, mele bacate dove si infilano le formiche. Mele dalle pelle rattrappita sono stese a terra in uno stanzone buono per tutti gli usi: ripostiglio, dispensa ma anche laboratorio di falegnameria, appena rischiarato in alto da tre finestrelle volte al Matanna. Un pomeriggio ne abbiamo dipinto i vetri con lunghe strisciate di giallo e di rosso. Tante di blu «Come le vetrate della cattedrale di Chartres» hai detto andando su e giù felice con il pennello in una improvvisa visionarietà da Pinocchio con il vestito di carta (una visionarietà che manda a gambe all'aria il lucido e implacabile raziocinio e ti lascia di colpo indifeso. Come il bambino della fotografia, meraviglioso e malinconico tra un padre già anziano e una madre con le stigmate della contadina, dignitosamente consapevole del suo ruolo)

Vizze quelle meline stese in terra, niente attraenti in attesa dell'inverno. Altre invece mantengono una loro tonda levigatezza: sono quelle della Fossa dell'Abate. Un nome che un giorno mi diventerà insopportabile e il luogo un "non luogo" sprofondato fra due megastrade, tre semafori, frastuono di clacson e stridio di frenate. Gas di scarico. "Fossa" nel vero senso del termine. Ma in questo agosto mangiamo formaggio e pere seduti con i piedi nell'erba, indosso una vecchia tuta con la pettorina, le bretelle che scivolano sempre giù. Il mare non è lontano e le zanzare salgono dal canale al di là della strada insieme a un venticello sottile.

Raccogliere le mele fa parte del nuovo tempo come

ripitturare gli infissi o raschiare un comò fino a farsi venire le vesciche alle dita, e litighiamo per chi deve salire sulla scala a staccarle dal ramo mentre nascono grandi progetti su quel campo, uno dei pochi rimasti degli innumerevoli di una volta. Siamo perfino riusciti a venderle, le mele di quell'estate. Le "mele della Fossa dell'Abate". Abbiamo caricato le cassette nella Citroën e le abbiamo offerte a un fruttivendolo di Viareggio elogiandone la qualità. Mele non trattate abbiamo detto; ci sembravano bellissime, verde pallido e sode. Non ricordo quanto ci abbiamo guadagnato ma eravamo molto euforici mentre tornavamo a Vado e facevamo una quantità di progetti. Ma poi il gioco è finito lì, un paio di anni dopo gran parte del terreno è stato venduto e chi l'ha comprato ha sradicato i meli per metterci un deposito di vasi di terracotta.

La sera andiamo a cena da Angelo al molo o al Margherita. L'inverno sarà il Maitò a Forte dei Marmi, arredato come una vecchia cambusa, dove il crepitare del fuoco per cuocere la pizza si mescola al rumore delle onde che si sciolgono sulla sabbia. Il vino sa di uva appena raccolta e la pelle dei saraghi sul vassoio riluce intorno alla fissità rotonda degli occhi, i gamberi si acciambellano pallidi fra i ciuffi verdi dei sedani. Dovunque andiamo, sia da Angelo o al Mar-

gherita o al Maitò e ancora in seguito da Giorgio, il tuo rapporto con i camerieri non ha paragoni possibili. Ti muovi per istinto a seconda della tipologia, mai banale, mai sprezzante o falsamente gentile e perfino la donna che impasta la pizza, appena ci vede entrare, si gira per sorriderci. E se ogni tanto va in scena l'imprevedibile, anche allora è per divertire e basta.

Sono i ristoranti l'altra faccia di Vado, quella rumorosa e ricca di odori che ha al suo opposto il vecchio frigorifero Fiat, dallo sportello bombato e l'interno perennemente gocciolante che, una volta aperto, offre sui suoi ripiani rugginosi qualche cartoccetto di avanzi per i gatti, mezzo limone rinsecchito e quasi nient'altro. Al ristorante l'abbondanza e i sapori forti, nella cucina di Vado la parsimonia più totale, la quasi miseria. Neanche io devo comprare quello che supera la stretta necessità quotidiana, l'indispensabile alla sopravvivenza del momento. Due hamburger, due. Una pianta di insalata. Un etto di formaggio, due yogurt. Una mattina sono arrivata con una grande busta allegramente traboccante di carote, finocchi, ricci crespi di indivia. La sfuriata è stata immediata quanto imprevista. Rabbia e pianto mi hanno serrato la gola.

Ma lacrime e gatti dovrebbero avere un capitolo a parte.

L'oscuramento è diventato opprimente, non ha più nulla di misterioso o eccitante. Da quando abbiamo dichiarato guerra anche agli Stati Uniti una tempesta di bombe si è riversata sulle nostre città e i vetri hanno dovuto essere ulteriormente rinforzati da lunghe strisce di carta. Non in casa nostra, come se le nostre finestre possedessero la stessa resistenza di mio padre alle avversità. Nell'androne una lampada azzurrata rende tetre le scale e spalma di pallore la faccia del portiere, il blu feroce degli occhi di sua moglie e quello esangue della loro figlia Giuliana. La nostra vita ancora non è cambiata a parte una vaga irrequietezza famelica quasi il cibo sia sempre un po' meno di quello che ci aspettiamo. In compenso è molto migliorata la vita scolastica perché invece che alle sei usciamo alle quattro e mezzo e, per via del tesseramento, dobbiamo portarci il pranzo da casa. La mattina Letizia ci cucina frittatine cotolette e supplì e le mette ancora calde in una scatola metallica a chiusura ermetica. Non mangiamo neanche più al refettorio perché la vista del nostro cibo non turbi le interne, ma in una stanza al primo piano dove possiamo chiacchierare in libertà.

Il martedì e il venerdì continua a venire il professor Sederol e appena torniamo da scuola ci togliamo la divisa per infilare i calzoncini e la maglietta da ginnastica di lana blu. Italia sposta il tavolo da pranzo e appena arriva, a scanso di tentazioni, il professor Sederol appende al lume in ferro battuto il campanello perché non resti a penzolare al centro della stanza; e la lezione comincia. In piedi, sdraiate sul tappeto, in bilico su un fianco eseguiamo gli esercizi che dovrebbero rinforzarci spalle e torace mentre la Nonna-dea ci sorveglia benevola dal grande quadro alla parete.

Possiede, il professore Sederol, un cognome quanto mai adatto ai giochi di parole. Lui sostiene che si pronuncia Cederol. È svedese, alto, con dei baffetti appena più marcati di quelli di Francesco, porta gli occhiali e scandisce il tempo dei nostri esercizi schioccando le dita con estrema abilità. È il suo unico gesto: elegante e flemmatico nel completo grigio, impartisce lezioni esclusivamente orali. Al massimo ricorre alle nostre braccia e alle nostre gambe modellandole secondo i movimenti richiesti. Noi abbiamo imparato a fare “il ponte” e a mantenere la posizione fino allo spasimo e, sempre sdraiate in terra, questa volta a pancia sotto, ad afferrarci le caviglie con le braccia tese dietro la schiena. A fine lezione ci dà il via libera e possiamo finalmente correre lungo la greca del tappeto, inseguirci e spingerci per andare sempre più veloci sfiorando gli alti buffet di noce intagliato. A volte papà torna dall'ufficio mentre stiamo ancora facendo lezione, allora per dimostrargli la scioltezza dei nostri corpi il professor Sederol ci agguanta i gomiti e li congiunge dietro la schiena. Dimostrazione che soddisfa molto papà che la ripete nei momenti più impensati; e ogni volta che i nostri gomiti sbattono fra loro, elogia il professor Sederol.

La sua storia è triste. Ha perso l'unica figlia a ventanni, di tifo, per aver mangiato dei frutti di mare durante una vacanza a Capri. Un giorno mi mostrerà la fotografia di una ragazza alta e bionda in costume da bagno appoggiata a una palizzata oltre la quale si intravede il mare, gli occhi socchiusi per via del riverbero. E improvvisamente le lacrime gli appanneranno gli occhiali, sgretoleranno la compattezza della sua flemma rendendolo finalmente umano, carne e sangue come Letizia e Francesco, il portiere Domenico. Perché sia venuto in Italia e perché non sia più tornato nella sua terra, lo ignoro. Continuerà a darci lezioni per tutta la durata della guerra e ancora dopo; e quando le mie sorelle, con la scusa dello studio, si rifiuteranno di sottostare ancora allo schiocco delle sue dita, sarò io la sua sola allieva e le lezioni diventeranno uno strano scambio di favori. Invecchiato, dimagrito, lui si presterà a ogni mia richiesta, anche a quella di fingersi mio prigioniero in una scena di guerra contro i pellerossa. E un pomeriggio, rientrando dall'ufficio prima del tempo, papà lo troverà legato alla spalliera di una seggiola. Ma questo sarà diverso tempo dopo, quando avremo cambiato casa e nonostante la bizzarria manifesta delle nostre lezioni, papà continuerà a farlo venire due volte la settimana consapevole della sua precaria condizione economica. E saremo in definitiva tutti e tre contenti: io perché mi diverto, il professore Sederol perché viene pagato, papà perché ha una ragione per continuare a pagarlo.

È il 16 luglio del 1942, traslochiamo. La nostra vita sta per avere un'impennata, non solo a causa della guerra. Cambiamo quartiere, luce, orizzonti. Spazi. Si dissolvono gli ultimi frammenti d'infanzia insieme ai ventagli di pasta sfoglia del panificio Cantiani dove il negretto, appoggiato accanto alla cassa, chinava la pallina scura della testa ogni volta che infilavo una monetina da dieci centesimi nella cassetta sulle sue ginocchia. Sparisce il portiere Domenico e sua moglie Elsa dai feroci occhi azzurri, la loro esangue figlia Giuliana. Il droghiere Garibaldi. Le rondini che incrociavano fra un tetto e l'altro mentre io dovevo formulare un desiderio prima che in un guizzo sparissero oltre il palazzo di fronte. Il cinema Acquario dove all'ingresso i pesci, chiusi nel grande cubo di cristallo, aprivano le bocche mute, prigionieri fra miriadi di bollicine. Il tram, l'1, che strideva in curva mentre caracollava verso lo stadio con i tifosi aggrappati fuori sui predellini. Spariscono le due teste d'oro di leone impresse sui riquadri di vetro soffiato della porta che divide il salotto dalla sala da pranzo: criniere come cerchi di sole in cui tante volte mi sono persa mentre, sdraiata sul tappeto, mi straziavo le giunture allo schiocco delle dita del professor Sederol. Sparisce la tigre spiaccicata in salotto quasi ci fosse passato sopra un rullo compressore lasciando intatta solo la testa dagli occhi vitrei di predatrice. Il più pregiato degli innumerevoli regali dei missionari con la barba venuti in visita con la fotografia della chiesa appena costruita grazie all'aiuto di papà: stesa sul suo pelo biondo infilavo le dita nelle fauci spalancate, di un rosa gessoso, intrecciando un fitto dialogo sulla sua vita precedente insieme a Cino e Franco e alla regina Luana.

Ci accompagna in questo viaggio verso i confini

del mondo la signora Olteanu. È rumena e parla molte lingue ma con noi deve parlare solo tedesco. Ha occhi scuri e un naso dalle narici frementi, il viso fiero scolpito dalle rughe. Dei folti capelli grigi le versano sulla fronte una morbida onda d'argento e porta gilet lavorati a uncinetto, camicette di seta ingiallita dalle infinite lavature. Turbanti di maglia bouclé. Ha alle spalle una storia nebulosa e sfolgorante come certi tramonti di Turner e un marito italiano la cui esistenza è comprovata unicamente dai tre figli che la guerra ha disperso per l'Europa. Ed è per ricevere adesso le loro lettere che si è trasferita a Roma dove, in Vaticano, una rete di prelati di ogni nazionalità è in grado di smistare la posta che arriva dai campi di prigionia in Africa e in nord America, in India. Nella sua remota giovinezza, la signora Olteanu, si è diplomata al conservatorio di Bucarest e sul pianoforte in sala da pranzo suona con grande passione Beethoven, Schubert, Chopin. Non so quanto la mamma apprezzi queste divagazioni musicali pomeridiane ma c'è nelle dita piccole e forti di Anna Olteanu un'autorità indiscussa; e mentre scattano veloci sui tasti, per la prima volta i nomi dei grandi compositori romantici assumono una concretezza sonora, divampano dalle sue scarpe consunte pigiate sui pedali. Lei sarà molto importante per me, io ancora non lo so. E anche se Beethoven, Schubert, Chopin faticano per ora a uscire dall'ombra e condivido a volte la noia che papà e mamma quasi ostentano per un certo tipo di musica classica, questa signora poco più che cinquantenne, che a me appare vecchia, si rivelerà essenziale per la mia formazione.

La nuova casa a cui approdiamo in una torrida mattina di cicale comprende l'attico e il superattico più una serie di terrazze tutt'attorno. Il pavimento è botticino, un marmo chiaro, solo in sala da pranzo e nel salone è più scuro, screziato di nocciola con profondità misteriose: è onice, un marmo raro. Io ho la mia camera e un mio bagno piastrellato di gres blu come il fondo del mare, le finestre, quattro metri per tre, interamente di un doppio cristallo infrangibile, che affacciano sui pini di via di Villa Grazioli. Ne posso quasi toccare le fronde. Al di là, tra le querce e i cedri di un grande giardino torreggia una massiccia costruzione di travertino bianco: è la villa che lo Stato Italiano ha regalato al Maresciallo Badoglio come premio per la conquista dell'Etiopia, e una scritta incisa sul frontone bianco riporta le parole del telegramma che il Generale inviò al Re da Addis Abeba il giorno della disfatta del Negus. Il 5 maggio del 1936; quando noi marciavamo dietro mio fratello sulla greca del tappeto di via Flaminia cantando «*Faccetta nera, / bell'abissina, / aspetta e spera / che già l'ora si avvicina, / quando saremo vicino a te, / noi ti daremo / un'altra legge / e un altro Re.*»

Oltre le nostre camere da letto noi sorelle abbiamo a disposizione un soggiorno e una grande stanza con tre scrivanie mentre dall'altro lato della casa, quella che affaccia su un convento di clausura, ci sono la camera e lo studio di Pierino, il suo bagno di piastrelline nere che diventa quasi subito il luogo prediletto per suonare la fisarmonica, e il bidet quello dove parcheggiarla. Tutto l'arredamento è opera di un noto architetto: Bega. Bega ha disegnato il mio letto di paglia intrecciata, l'armadio e la toilette. Il lume di ottone che sovrasta come un grande ragno il tavolo da pranzo e i buffet squadrati di cuoio e legno. Suppongo che la sua matita sia intervenuta anche sulla struttura della scala interna che si rivelerà ideale da scendere a cavalcioni del mancorrente. Sua anche l'idea dell'armadio nella camera degli ospiti a riquadri di pergamena.

Solo qua e là si acquattano i divani e le poltrone rococò strenuamente difesi da papà e dalla mamma insieme alla loro camera da letto intagliata e intarsiata da un noto artigiano di Firenze, con un occhio allo stile Napoléon III. Perfino gli spazi di servizio sono fuori misura: office e controffice, guardaroba e stanza da stiro, tre stanze da letto e due bagni, e una quarta stanza per una governante che non esiste più. Un'infinità di metri quadri che si rivelano nel giro di pochi giorni un mare nel quale immergermi come un pesce che hanno liberato dalla rete. Già dalla prima sera, in camicia da notte davanti allo specchio della mia nuova toilette, nell'odore penetrante di vernice fresca, mi pettino inclinando la testa di lato pronta a offrirmi alla grande recita della vita. In poco tempo questi spazi diventano luoghi fantastici dove correre, lasciarmi scivolare sul marmo, nascondermi e inventarmi nuove storie. Nuoto nella luce che deborda dalle larghe finestre e cambia secondo le ore della giornata. Canto a squarciagola; e la sera davanti allo specchio, nel blu profondo del mio bagno, recito scene d'amore strazianti.

Non ci metterò molto tempo a rendermi conto della dismisura di una casa con otto bagni e dieci camere da letto. Anche perché la guerra sta velocemente livellando gli standard di vita degli italiani e le ricchezze accumulate negli anni delle vacche grasse si vanno vanificando con una rapidità pari solo a quella con cui si sbriciolano gli edifici sotto le bombe.

Quell'estate siamo ancora andati al mare. A Rapallo, dove imparo finalmente a nuotare. Per necessità, essendo il mare in larga parte scoglioso e subito profondo. La mattina affittiamo un pattino e devo alla pazienza di Sergio De Luca, lo studente di ingegneria che già dall'estate precedente ha sostituito il *signor Dussio* (e a cui possiamo dare finalmente del tu), se comincio ad annaspare in acqua senza paura. Confortata dai suoi incitamenti ma soprattutto rassicurata dalla sua robusta presenza, mi lascio scivolare giù dai bordi del pattino, e mentre le gambe si dimenano frenetiche, a un tratto le mani lasciano la presa: e, meraviglia, galleggio, galleggio! Anzi nuoto, evviva!...

Anche se l'Hotel Europa, come dice papà, «*ha mantenuto il suo stile ottimo e discreto per quanto lo consentono le molteplici restrizioni degli attuali tempi*», mancano qui del tutto le signore con gli abiti che lasciano nuda la schiena e i gentiluomini impomatati che sbirciano nelle scollature. In compenso c'è un biliardo e il mare appena si attraversa la strada. Niente costumi a due pezzi ma una solida famiglia di latifondisti meridionali che entra in sala da pranzo sempre in rigida osservanza: avanti la madre e il padre, dietro i figli. Io ho un costume da bagno di lana rosa corallo e un primo lievissimo accenno di seno; e sfidando Luisa e Teresa un pomeriggio trovo il coraggio di abbordare il ragazzo che mangia, insieme alle due sorelle maggiori e agli irreprensibili genitori, al tavolo poco lontano dal nostro. Dice di chiamarsi Chiuti, diminutivo, mi spiega, di Gennaro: Gennariello, Chiello, Chiuti. Suo padre ha comprato da poco un castello in Puglia, e non appena l'amicizia si allargherà al resto della famiglia, il conte-padre ci terrà a sottolineare che Oria, questo il nome della nuova proprietà, già al tempo di Federico II "batteva moneta". *Oria batteva moneta* diventerà fra noi una specie di ritornello ironico sui meridionali in ascesa sociale al nord. Ma Chiuti è simpatico bruno e ricciuto e tutti insieme in bicicletta sudiamo su per i tornanti fra Rapallo e Santa Margherita.

Dietro di noi arranca la governante estiva di turno, scelta questa volta priva dell'avvenenza della Jeanton. La signorina Gianpietro è scura, magra, e di mezza età; ma noi ormai ne abbiamo abbastanza di governanti e di richiami all'ordine e a forza di pedalate la lasciamo indietro, finché a una curva non la vediamo più. Abbandoniamo allora le biciclette per arrampicarci fra i castagni e da lassù la sentiamo mentre ci cerca affannosamente avanti e indietro, la voce che si perde fra i tornanti. Sotto l'ombra protettiva dei castagni, ancora sudate, mordiamo allora una pera o se va bene un panino col salame che salame proprio non è, qualche automobile che strombazza in curva. Rare, sempre più rare.

Anche se c'è l'oscuramento, la sera usciamo a passeggiare sul lungomare e alla luce delle stelle cantiamo una stupida cantilena infantile «*Due oche andavano a ber, / due oche andavano ber, / due oche, un'oca, un'ochina e un'ochetta / andavano a bere alla fonte del Re... / Tre oche andavano a ber, / tre oche andavano a ber, / tre oche, due oche, un'oca, / un'ochina un'ochetta...*» e così via, fino ad arrivare a un numero incredibile di oche. Altre volte è invece una antica canzone francese che ci ha insegnato Sergio e lui intona con voce calda e profonda. Una canzone che sembra nascere dal movimento lento delle onde «*Dans le soir d'or / résonne résonne, / dans le soir d'or / résonne le cor... / C'est le cor du Roi Saint Louis / sonnant l'hallali / du païen maudit... / C'est le cor des chasseurs de fer / tenant quatre hivers / des Vosges à l'Yser*»

Sergio ha anche l'ingrato compito di iniziarmi al latino perché a ottobre entrerò in prima media. E il pomeriggio, seduto al tavolino della mia camera, mentre lo zampirone fuma a tenere lontane le innumerevoli zanzare, cerca di farmi entrare in testa il concetto di "neutro". Sarà perché ho caldo o perché mi arrivano le voci di chi può scorrazzare libero in giardino, mi rifiuto testardamente di capire: perché mai una seggiola, che è femminile, dovrebbe in latino diventare qualcosa che non è né carne né pesce? Che vuol dire "neutro"? Il tavolo è maschile, e la seggiola, femminile! Fa caldo e la pazienza di Sergio sta arrivando al limite. Anche lui di sicuro avrebbe voglia di una bella sguazzata in mare, ha ventanni, e la scarsa attenzione di questa ragazzina cocciuta deve rompergli non poco le scatole. Ma dài e dài, pomeriggio dopo pomeriggio, alla fine ho l'illuminazione «Certo, sì, ho capito!»

E alla fine della terza media risulterò la più brava di tutte e tre le classi.

«Bella ma inutile» mi ha detto una volta un signore che di mani se ne intendeva prendendo la mia e rovesciandola per osservarne il palmo. «Come, inutile?» ho chiesto un poco offesa. Ha riso «Sì, inutile, ma non c'è niente di male...» «E come dovrebbe allora essere, una mano utile?» Ha afferrato quella della sua vicina «Ecco, così, come questa» Dita non troppo

lunghe, calde, un palmo capace di sorreggere il peso senza fatica. Unghie robuste, che non si spezzano al primo urto. Mani che abbiano un passo, che vanno e vengono e si chiudono senza esitazione sugli oggetti.

Io invece sono maldestra, lo so. Soprattutto quando vorrei mostrarmi efficiente, capace di muovermi con destrezza: rovesciare la frittata, oplà, con un gesto solo. Scolare in un attimo gli spaghetti lasciandoli a gocciolare quel tanto necessario prima di farli scivolare nel piatto di portata, senza perderne neanche uno. È facile, no? Invece gli spaghetti finiscono sul fornello e rapidamente li raccolgo con le dita per ributtarli dentro, cercando di non farmi troppo notare. Con la frittata neanche ci provo. Una volta togliendo la pirofila dal forno la besciamella è slittata oltre il bordo bruciando la mano che invece vorrei stringere e scaldare con il calore della mia bocca. Quella mano che a volte intreccio alla mia e in cui vorrei immergere il viso e leccarla e ricavarne un cuscino per il mio sonno.

Il primo impatto violento, la tela che si lacera improvvisamente, porta la data del 19 luglio 1943. Io ho "sviluppato" da qualche settimana. Come dice Margherita, la cameriera che ha sostituito Italia, sono diventata "una signorina". In realtà non so più cosa sono e spesso la mattina mi sveglio con un nuovo pedicello sulla fronte o al lato del naso, un naso che non mi piace affatto e se mi fotografano lo copro con la mano. Insieme all'apprezzamento per il mio fisico ho perso anche ogni sicurezza, mai avrei ora il coraggio di abbordare Gennariello Chiello Chiuti o chiedere un bacio a Rienzi. Data la preziosità degli assorbenti dovuta alle restrizioni di una guerra ormai in caduta libera, non ne ho diritto al pari delle mie sorelle essendo le mie mestruazioni, a paragone delle loro, del tutto trascurabili. Così mi arrangio come posso con la carta igienica. Da alcuni giorni suona l'allarme anche di notte e l'ululato della sirena lacera le orecchie dei romani insonni per il caldo afoso di luglio. Ancora nessuno però sembra preoccuparsene troppo fidando nella protezione carismatica del *Cupolone*, alias Pio XII.

Per la sera di quel 19 luglio è prevista la nostra partenza in vagone letto per Torino. Da lì proseguiremo per Brusson, in Val d'Aosta. Ma alle undici di mattina, prima ancora che suoni l'allarme, una tempesta di colpi strazia l'aria immota della canicola. Cupi, profondi, sembrano nascere dal ventre della terra e invece precipitano dall'alto mentre sopra le nostre teste si diffonde per la prima volta il rombo sordo e onnivoro delle Fortezze Volanti. Onde vanno e vengono in un fragore assordante e i vetri delle finestre vibrano come foglie. È la prima volta che scendo nel rifugio ricavato in cantina; e mentre sono seduta sulla panca che corre lungo la parete, mentre la schiena incollata al muro avverte come pugni i contraccolpi delle esplosioni, esplode insieme, terrificante, una paura mai conosciuta. Ho più paura di tutti, anche dei bambini dell'avvocato Guerra. Sua moglie siede di fronte a me con l'ultimo nato in braccio, un lattante dalla cresta scura. Gli altri bambini le toccano le ginocchia nude, il seno, lei li allontana con i gomiti per non disturbare quello che allatta. È bella, bruna, molto più giovane del marito che quando lo incontro nell'androne mi appare piccolo e decrepito. Comunque adesso non c'è, come non c'è papà e gli altri uomini della casa a esclusione del portiere che si tiene strette le sue due bambine, una bionda e una bruna. Qualcuno si interroga su dove staranno cadendo tutte quelle bombe, che fine ci farà fare questa guerra maledetta. Dove saranno i figli più grandi: le scuole sono chiuse e la mattina loro se ne vanno in bicicletta a Villa Borghese o a Villa Glori. Anche Pierino è in giro da stamat-

tina alle nove. Le parole si mescolano a quel martellare sordo dietro la mia schiena, ogni tanto un colpo più forte spazza via ogni voce e la signora Guerra preme il lattante contro il seno per frenarne il pianto. Io li guardo come se li vedessi per la prima volta, le braccia irrigidite e le mani attaccate a ventosa alla panca, quegli scoppi come se penetrassero nella colonna vertebrale per conficcarsi nel cervello.

Dopo, quando è suonato il cessato allarme, siamo risaliti su e tutto era come prima, perfino le cicale sui pini, non si sentivano le sirene dei pompieri né alcun altro rumore oltre il loro frinire. Dalle finestre rimaste spalancate ondate di caldo avevano invaso le stanze e Letizia è tornata in cucina, Margherita si è infilata il grembiule nero con il colletto e i polsi inamidati per servire a tavola. L'ultimo ad arrivare è stato Pierino: era a Villa Glori e dall'alto ha assistito a tutto il bombardamento. Non ha avuto paura ed è rimasto tutto il tempo con un amico seduto sull'erba a guardare gli aerei che scendevano in picchiata. Soprattutto verso est, ha detto, dalla parte del Verano, in linea d'aria non più di cinque chilometri. Ma mentre parlava ho avvertito a un tratto lo scarto impercettibile che cinque chilometri rappresentano, a mille metri d'altezza, nell'istante in cui il pilota scende in verticale con il suo carico di bombe.

Verso sera un'immensa colonna di fumo ha cominciato a oscurare il cielo: dalle finestre sul retro della casa posso vederla mentre si leva sempre più densa fra i primi bagliori degli incendi. Il quartiere più colpito è quello di San Lorenzo e i morti di sicuro migliaia, nessuno sa ancora quanti. Le stazioni sono bloccate e molti i binari inutilizzabili.

Più tardi, quando il crepuscolo ha reso vivido il rosso delle fiamme, sono cominciati a passare lungo viale Liegi i primi profughi appollaiati sui furgoncini traballanti sotto il peso di materassi, sedie, pentole, tenendosi stretti a quanto hanno potuto salvare. I visi stravolti e bianchi di calcinacci. E quando alla fine il silenzio è tornato padrone della notte, mi sono rifiutata di andare a letto: dormirò sul tavolo dell'ingresso ho detto, vestita. Le luci vengono spente e le porte chiuse, io mi sdraio sul ripiano di cristallo con un golf appallottolato sotto la testa, pronta a scendere nel rifugio non appena suonerà quella maledetta sirena. Che arriva puntuale alle due, ululato lacerante di sciacallo.

Anche se con due giorni di ritardo siamo partiti lo stesso per Brusson. Il richiamo del Piemonte è per papà come il canto della sirena; e alle sette di sera del 21 luglio un tassì ci deposita alla stazione di Trastevere, l'unica ancora in funzione, insieme a un paio di valigie e l'immancabile *nécessaire* di coccodrillo della mamma. Il baule è stato già spedito la settimana prima (ma arriverà solo alla fine del nostro soggiorno). Alla stazione è il caos, noi saliamo e scendiamo da un vagone all'altro, tutti ancora roventi di sole, e solo alle undici di notte troviamo pace in quello che con una serie di scossoni viene attaccato a una locomotiva; io mi addormento di colpo. Quando mi sveglio la luce obliqua dell'alba illumina una stazione sconosciuta, subito mi tiro su dritta immaginando di essere prossima all'arrivo. Su un cartello c'è scritto: Orte. La stazione è deserta e il treno fermo. «Dov'è Orte?» chiedo sicura che sia una amena località del Piemonte. «A ottanta chilometri da Roma» mi risponde Pierino. «Ho fame» dico. La delusione è terribile.

A Torino non arriveremo che alle due del pomeriggio e durante il tragitto il treno passerà lungo i muri schiantati di quelle che un tempo erano cucine, camere da letto, scale. Brandelli di carta da parati sono ancora incollati ai tramezzi con le porte divelte, balconcini penzolano in bilico nel vuoto, pronti a precipitare al primo urto. E dappertutto calcinacci e ferri contorti, il fumo della locomotiva che ci tinge di nero le narici mentre tutti parlano di morti: tanti qua e tanti là come se fosse una gara.

Ormai la coincidenza Torino-Aosta è perduta, la prossima è alle sei del pomeriggio così papà ci porta a vedere il palazzo dove è nato. Ma è un pellegrinaggio drammatico e mesto, le strade sono seminate di edifici sventrati e anche papà resta senza parole di fronte ai cumuli di macerie che si susseguono come denti cariati in un sorriso un tempo splendente. Il nostro peregrinare si arresta alla fine in piazza San Carlo: del palazzo dove papà è nato non resta che la facciata e le lunghe finestre sormontate dalle volute settecentesche sono ora solo delle occhiaie vuote sul cielo. Noi siamo lerci di sudore e di fumo, di stanchezza, e nell'attesa delle fatidiche sei veniamo portati in un bagno pubblico lì vicino, sotto il livello stradale. Io ricevo una specie di saponetta e un asciugamano, ma quando sto per entrare nella vasca avverto sopra la mia testa un fracasso assordante. Esco urlando con le sole mutandine addosso: bombardano! La custode del bagno fatica a convincermi che era soltanto un camion che passava sulla strada. Alla fine, mentre il sole declina i suoi raggi su una città semideserta, riusciamo a fatica a salire su un treno stracolmo di torinesi che la sera abbandonano le loro case per sfuggire ai bombardamenti che quasi ogni notte martellano Torino; e quando arriviamo ad Aosta è buio. È inutile cercare posto in albergo, non c'è da nessuna parte un letto libero. In compenso mangiamo finalmente un vero pasto, con primo, secondo e dolce. Intanto papà, il nostro demiurgo (così lo vedrò per tutta la mia adolescenza), mentre ripuliamo coscienziosamente il piatto che abbiamo davanti, ci trova da dormire: noi sorelle con la mamma in un convento di suore alla periferia di Aosta, lui e Pierino poco distante nel convento dei Salesiani. È una notte bellissima di silenzio e di grilli. Un'indimenticabile notte fra le lenzuola che odorano di grano, un letto come un abbraccio dove la paura si dissolve in una pace celeste. Forse così è il Paradiso. E la mattina dopo le suore ci fanno trovare la colazione apparecchiata con latte burro e marmellata. Cosciente della fortuna che mi è capitata spalmo con cura una dopo l'altra tutte le fette di pane che riesco a prendere dal cestino. Una colazione così la rifarò solo a guerra finita.

Ancora due ore di treno fino a Verrès e un inutile tentativo di salire sulla corriera che dovrebbe condurci a destinazione, talmente stipata che le teste fuoriescono dai finestrini. Alla fine, issati su un camion insieme alle nostre valigie, un tornante dopo l'altro, approdiamo felicemente al Grand Hotel Brusson.

In realtà del Grand Hotel non aveva nulla. E fra le mucche e i sentieri cosparsi dai loro escrementi, le piante di noccioli che circondano uno sgangherato campo da tennis, vivrò gli ultimi giorni di una guerra perduta e i primi di un amore infelice, e totale nel senso del cuore. Lontano dalle bombe e dalla paura. Quelle sono rimaste al di là delle montagne; e nelle notti di luna il ronzio regolare degli aerei diretti a bombardare Torino e Milano mi incute una strana calma: volano altissimi oltre le creste delle rocce simili a insetti argentati quasi la morte e lo scempio avessero perso ogni realtà, pure immagini fra le stelle. Saranno, quelli a Brusson, i quarantacinque giorni che mi trasformeranno, cadrà l'ultimo lembo di pelle della bambina docile e sorridente alla continua ricerca di consensi e ne verrà fuori una capra, uno scalpitante puledro. Con una rapidità sorprendente cambiano braccia, gambe, torace mentre le ossa si allungano per creare il nuovo disegno.

Ma in questa metamorfosi mi ritrovo addosso un volume di carne nel quale stento a riconoscermi.

Sono sgraziata, maldestra, i capelli tagliati corti sono orrendamente lisci mentre in bocca l'apparecchio per raddrizzare i denti mi mostrifica il sorriso. Lo metto e lo tolgo di continuo per mangiare. Un pomeriggio lo perdo, e quando papà, a cena, se ne accorge mi spedisce a cercarlo. È il crepuscolo e lungo l'Evançon, dove ho fatto merenda, l'acqua scroscia fragorosa fra i massi. L'apparecchio, un finto palato color ceralacca, mi spia fra l'erba come un silenzioso insetto notturno nel lieve luccichio del filo di platino che lo percorre mentre una strana irrealtà mi affascina al confine fra la paura e l'esaltazione. Lo stringo nel pugno: è freddo, umido, e nel buio che ormai cancella le ombre risalgo verso l'albergo cantando a squarciagola per vincere la paura.

I vestiti mi stanno corti, quasi rattrappiti sulle ginocchia, sono ridicola. Il baule spedito da Roma non è mai arrivato e l'unico paio di sandali che possiedo si sono sfasciati. È vero che sono sandali di guerra, di sughero e tela, ma sfascio anche le scarpe da tennis Superga e dopo ancora i sabot, gli zoccoli di legno dei contadini comprati al mercato in piazza. E poi ho fame, ho sempre fame, nel Grand Hotel Brusson si mangia poco e male e la qualità del cibo è quasi sempre al di sotto del commestibile, solo il figlio della padrona morde indifferente sotto il mio sguardo dei meravigliosi panini imbottiti di burro.

Per la prima volta il sentimento che provo per Augusto non assomiglia a nulla di conosciuto, coinvolge battiti del cuore e respiro, temperatura della pelle. Non lo condivido con nessuno, neanche con le nuove amiche di questa insolita stagione: la Marilù, la Carla, la Paola. La Laura è speciale, la avvolge un alone luminoso come le galassie e davanti a lei meno che mai lascerei trapelare il sentimento che mi toglie il fiato ogni volta che incrocio suo fratello. Hanno gli stessi occhi sottili e azzurri, gli stessi capelli neri e ricci. Augusto è maggiore di tre anni, ha perso un braccio mentre saliva in bicicletta lungo i tornanti fra Rapallo e Santa Margherita, quegli stessi che l'estate prima percorrevo pedalando insieme a Chiuti. La maniglia di un'automobile gli ha agganciato in velocità il gomito sinistro, perforandoglielo da parte a parte. Suonava il violino e voleva diventare concertista, adesso la manica corta della camicia flotta intorno al suo moncherino. Porta dei calzoncini blu sbrindellati e dei sandali polverosi. È bellissimo, ma nel suo sguardo stretto fra le ciglia non c'è posto per me. Io ho perso ogni spavalderia e il mio fisico sgraziato e ingombrante si frappone adesso fra ciò che sono e ciò che vorrei apparire.

Eppure è una estate unica e intorno a me tutto accade e esiste con una intensità prodigiosa. Il 25 luglio, nel giro di qualche ora, il Duce si trasforma nel Cavaliere Benito Mussolini e la gigantografia che lo ritrae con l'elmetto e il mento volitivo precipita dall'alto per schiantarsi a terra in una pioggia di vetri; e subito si accartoccia e divampa nel falò acceso sulla piazza. L'odio e la gioia esplodono perfino in questo paese di vaccari e sfollati-gitanti mentre le finestre della Casa del Fascio continuano a vomitare busti di gesso, timbri, gagliardetti, aquile imperiali che inceneriscono nel fuoco. Si brinda anche al Grand Hotel Brusson alla luce delle stelle fra le panche sbilenche del giardino, con meno fracasso ma non con meno soddisfazione. Per una sera sembra che la moviola possa girare all'indietro e cancellare la guerra, le bombe, i soldati rimasti nel deserto con la bocca piena di sabbia, e quelli irrigiditi dal gelo dell'inverno russo; e ricominciare ogni cosa da capo. I ricordi si accavallano e si intrecciano alle speranze, risuonano fra gli adulti nomi dimenticati: Don Sturzo, Amendola, Matteotti. Anche noi più piccole abbiamo il permesso di uscire e giriamo fino a tardi intorno al falò su cui continua a venire lanciata ogni possibile vestigia fascista per mantenere viva la speranza almeno fino all'alba.

w Badoglio, scrivo sul mio diario. Ragazzi e ragazze salgono ancora al campo da tennis che si allaga ogni volta che piove. Delle scarpe di tela Superga non di rado è rimasta soltanto la tomaia e quando corrono la pianta dei piedi si tinge del rosso della terra. Si innamorano e forse si baciano all'imbrunire mentre scendono giù fra i noccioli, i ragazzi sempre intorno alla Marcella dal corpo agile e snello, le belle gambe tornite fuori dai pantaloncini bianchi. Nessuna è paragonabile a lei: ha sedici anni e un sorriso luminoso, curve lisce e ben disegnate, lei, sì, spavalda, con tutti ai suoi piedi. Le palle da tennis sono preziose e ognuno tiene la sua in tasca, colpite a volte troppo forte volano oltre la recinzione rotolando giù fra i noccioli, io non aspetto altro e mi precipito a raccoglierle per ributtarle dentro: incantata dalla visione dei "grandi". Perché loro sono i "grandi", io la Marilù, la Paola, la Carla, *les entités négligeables*, ossia il quasi niente. Poco lontano le signore sfollate da Torino e Milano continuano a lavorare a maglia scambiandosi le informazioni sugli intrecci più complicati: punto riso, punto incrociato, punto a maglia doppia. Esiste perfino il punto Mussolini, e una fantasia di gomitoli, ricavati dai vecchi golf disfatti, si sviscera dalle loro borse. «Quella vedi, è senza mutande» mi dice la Carla indicandomi la più graziosa con le efelidi che si irraggiano lievi sulle guance dorate dal sole. «E tu come lo sai?» non capisco. La Carla ridacchia, lei è la più evoluta fra noi «Quella» ripete «se guardi bene, n o n p o r t a l e m u t a n d e» Ancora non capisco, ci vorrà qualche anno prima che riesca ad afferrare il senso delle sue parole.

Mia sorella Luisa ha accessi improvvisi e inarrestabili di tosse che la fanno guardare con sospetto: che sia tisica? Che possa contagiare i loro figli? Lei vomita più volte nella giornata, nascosta fra gli alberi del giardino. Nella casetta degli attrezzi al tennis. Dietro una poltrona la sera mentre gli altri giocano a carte; più tardi, quando tutti sono andati a dormire, scende giù a spostarla per coprire quanto le è uscito in un fiotto dalla bocca. Ha la tosse convulsa ma questo non viene in mente a nessuno, neanche al grande clinico torinese sfollato fra le mucche di questo paese in riva all'Evançon. Ogni tanto la notte il suo vomito intasa il lavandino in camera e l'odore ristagna allora nauseabondo fino alla mattina, quando finalmente posso spalancare la finestra.

Ho visto una vipera: era attorcigliata al ramo di un nocciolo e mi fissava con i suoi occhi neri di veleno. Ero sola, sono corsa giù per il sentiero del tennis mentre la vipera si lasciava scivolare lungo il tronco per venirmi dietro a balzi, io inciampavo con i sabot fra i sassi. «Ma va' là...» «Sì invece, è vero» «Ma non contare balle!» È la verità, lo giuro, e mentre correvo sentivo dietro di me i suoi tonfi sul sentiero. Veniva giù come la donna senza gambe, un tronco coperto da uno straccio di vestito che struscia nero nella polvere, anche lei scende a balzi facendo forza sulle braccia, le mani come zampe, i capelli scarmigliati. Grida con la voce roca, uno strano verso di animale, un lupo, un coyote. *La dava*, ma a chi? Ancora oggi non so darmi una risposta.

Dopo sarà l'8 settembre, l'armistizio, la sconfitta senza sconti, l'occupazione tedesca. Ma noi già il 6 abbiamo lasciato Brusson per andare a Mirabello, un viaggio panoramico-didattico che dura nove ore per duecento chilometri lungo un'Italia sull'orlo del tracollo. Abbiamo trovato posto in un vagone bestiame e il treno procede lento, la mamma e la signora Ricaldone con la sua, di mamma, siedono in terra sulla paglia, le loro valigie e valigette e *nécessaire* di coccodrillo accanto. Avendo previsto gli imponderabili del viaggio hanno portato alcuni generi di conforto che nei quarantacinque giorni trascorsi a Brusson hanno capito che si potevano carpire, dietro congruo compenso, ai locali. L'anziana mamma della signora Ricaldone dormicchia, i capelli grigi scomposti dall'aria che entra dal portellone aperto, noi ragazzi sediamo sul bordo con le gambe a penzoloni nel vuoto. È una bellissima giornata di fine estate e il treno traballa lento mentre le stazioni si susseguono a singhiozzo. Sulle facciate bucherellate dai mitragliamenti gli orologi hanno perso le lancette o non ci sono più per niente e i binari divelti cominciano ad arrugginire, il treno arretra e riparte alla ricerca di quelli ancora percorribili. Alla fine, lanciando un lungo fischio, riprende il suo asmatico andare fino alla stazione successiva mentre dal grande portellone aperto l'aria spazza via in un attimo il fumo della locomotiva. Arriva adesso l'odore del fieno appena tagliato e con i piedi che dondolano nel vuoto noi giochiamo a carte e mangiamo come non mai nei quarantacinque giorni al Grand Hotel Brusson. L'Italia che ci scorre sotto gli occhi è una sequela di muri fatiscenti e di finestre divelte o tappate con il cartone, di viaggiatori che stazionano su quello che resta delle banchine, in attesa di improbabili coincidenze; ma è anche una distesa di campi assolati dove i grandi cappelli di paglia delle donne si disegnano come girasoli, loro rastrellano il fieno con movimenti lenti e regolari, indifferenti al caracollare del treno mentre le mucche pascolano tranquille ai margini dei boschi.

Durante una sosta particolarmente lunga in una stazione che poteva essere Chivasso o invece Trino Vercellese, a un tratto un treno ci è sfrecciato davanti lucente come una spada. E fra l'ingombro di vecchi merci color ruggine e di passeggeri in attesa, mentre ogni cosa sembra muoversi barcollando, quel treno surreale e fantastico è apparso come una meteora per essere subito risucchiato dal sole: all'interno viaggia la Principessa di Piemonte diretta in Svizzera con i suoi quattro bambini.

L'amata fragilità delle tue ossa. Il tuo dormire un poco come un angelo, raccolto. Magro, ricordi il Cristo *di Holbein disteso sulla pietra. Quella notte mi sono svegliata e con gli occhi aperti nel buio a poco a poco ho visto ricomporsi i frammenti del disegno che era andato frantumandosi nella stratificazione degli anni. Ere geologiche che segnano, come le montagne, la nostra vita. I pezzi ritrovavano a un tratto la loro collocazione lasciando riaffiorare il puzzle rimasto a lungo indecifrabile: raggomitolata nel tuo letto, papà, mentre mi raccontavi la favola della capretta disubbidiente o della rana che voleva diventare grossa come l'elefante, io mi perdevo nella felicità di essere al centro del tuo sguardo, io l'eco della tua voce. E chissà, forse un giorno anche il cuore del tuo cuore. Per questo, tanto disamore per la mamma, tanta insofferenza se ci interrompeva per chiederti se volevi altro tè o andare a teatro nel pomeriggio. Ero gelosa, sordamente ma furiosamente gelosa perché lei era bella e aveva un piccolo naso e una bocca perfetta con i dentini ben allineati, i capelli naturalmente ondulati. Io invece ero il nulla. Non avevo nessuna* chance, *impossibile competere con il suo grande corpo avvolto nel lungo mantello da sera foderato di ermellino. Tutte quelle stoffe di seta che le regalavi, i braccialetti, le spille, gli orecchini che la celebravano come la Bella fra le Belle.*

Ormai è tardi, e quella bambina è una guardiana di oche che gli occhi puntuti come foglie di agave ipnotizzano senza difficoltà. Simili a quelli del basilisco, del serpente pronto a ingoiare il coniglio. Una storia non storia. Per liberarmene cerco a volte di concentrarmi sugli aspetti negativi: la durezza, l'irascibilità. Ho vinto, mi dico, non me ne importa, o almeno quasi niente. È la favola di Pelle d'orso *dove io sono l'incauta che si avventura la notte con la candela in mano, e alla luce della fiammella scopre che l'orso è in realtà un principe vittima di un maleficio. Ma basta quella piccola tosse, due, tre colpi, e una goccia di cera scivola giù sul suo petto, l'incantesimo è rotto. Anche la candela in mano si è spenta, scendo piano le scale. Dopo sono i fari nella notte, la luce intermittente dei semafori e la pioggia che schizza sull'asfalto. Le mani, come sono le mani? Il desiderio, sempre, di leccarle. Anche le orecchie, anche quelle ossa magre di povero Cristo e il torace dove le costole si disegnano una per una. Tutto. Vorrei leccare tutto.*

Così era per te, papà. Perfino il tuo grande naso quando per scherzo mi succhiavi il mio, e sentivo il sapore della tua saliva. Per te recitavo quella stupida sceneggiata a tavola seduta sulle ginocchia della mamma, una volta che avevate finito di bere il caffè. Fingevo di telefonare e parlavo, parlavo inarrestabilmente loquace: dieci figli, uno lo allatto, uno è nato ieri, ma quello lo allatta mio marito..., tu e la mamma ridevate immaginando che credessi possibile quello che andavo blaterando, io invece sapevo benissimo di essere solo una specie di giullare ma mi bastava essere riuscita a catturare la tua attenzione, fosse solo per pochi minuti. E appena la perdevo scivolavo giù dalle ginocchia della mamma per tornare a leggere i miei li-

bretti dalle pagine spesse di cartone. L'omino del sonno *era il mio preferito. Aveva, l'omino, un cappello a punta da mago disegnato di stelle e arrivava di notte per spargere la polverina d'argento sulle palpebre dei bambini addormentati, poi tutti in fila se li portava appresso in un magico viaggio fra le costellazioni.*

Dell'armistizio annunciato alla radio il pomeriggio dell'8 settembre ricordo soprattutto la gioia iniziale, le campane di Mirabello che suonano a festa e Pierino tra quelli che più energicamente tirano le funi. Ricordo Sergio De Luca, con noi per un'ultima estate, che il giorno dopo risale il viale delle settembrine stravolto dalla stanchezza. La cartolina-precetto lo convocava per quella mattina, il 9, al distretto militare di Alessandria e l'ha scampata per miracolo percorrendo a piedi un numero incredibile di chilometri. I ponti sono presidiati, ha detto, e alla stazione la Wehrmacht ferma tutti i treni per arrestare i militari italiani che tornano a casa. Lui ha attraversato il Tanaro su una barchetta a remi insieme ad alcuni soldati che buttavano le giacche della divisa in acqua, e mentre approdavano sull'altra sponda hanno cominciato a sentire i colpi di mortaio della guarnigione italia-

na asserragliata nella cittadella. Per evitare la camionale è poi passato per i campi, le sue scarpe sono piene di terra.

Una motocicletta tedesca con il sidecar è apparsa quel pomeriggio anche all'ingresso di Mirabello: l'ufficiale a bordo è sceso e per qualche minuto è rimasto a guardare con il binocolo il campanile a cipolla della chiesa, e più in basso la bottega del ciclista Giarola con le vecchie ruote di bicicletta appoggiate fuori. Poi ha rimesso il binocolo nel fodero e in un rombo è sparito in direzione di Occimiano. Ma per Mirabello è il panico.

Contagiata dal clima che si è impadronito dell'intero paese preparo anche io il mio fagotto, dentro, insieme al diario dove ho scritto W Badoglio, metto le preziose scarpe da tennis appena ricomprate dal calzolaio di Mirabello, indispensabili per ogni fuga. Senza dimenticare il pacco di assorbenti che sono finalmente riuscita a ottenere. Ma già all'imbrunire ogni progetto di fuga è svanito e seduta a tavola sotto la volta dipinta con quattro paesaggi agresti, mio companatico spirituale alla minestra, ascolto Sergio raccontare il suo avventuroso ritorno da Alessandria.

La nostra estate sta per concludersi, niente sarà mai più come prima. I tedeschi sono ormai ovunque anche se riusciamo ancora a ignorarli e continuiamo a schiacciare le noci e offrirci di andare al forno a prendere il pane solo per affondarci subito i denti; e prima che siamo arrivate al cancello metà è già nel nostro stomaco. Pedaliamo a sobbalzi sui sentieri sconnessi fra i campi, qualche cane che si aggira magro fra le zolle dove il raccolto è stato anticipato nel tentativo di salvarlo dall'avidità tedesca. Io scrivo a Laura, Cascina della Crocetta, Carmagnola, perché non posso scrivere a suo fratello Augusto.

Ho preso uno schiaffo alla fine di quell'estate, qualcuno lo doveva pur prendere ed è toccato a me.

Non ho pianto anche se l'ingiustizia era palese. È successo quando papà, sperando in una rapida risalita degli anglo-americani sbarcati a Salerno, ha deciso che dovevamo tornare subito a Roma. A questa notizia Pierino ha tenuto con noi sorelle un conciliabolo segreto: andare a Roma è un suicidio ha detto, moriremo per fame o per mano dei tedeschi. Lui andrà alla stazione di Giarole a fermare la spedizione dei bagagli, poi si darà alla macchia nelle vigne di Mosa dove si nutrirà di uva e fichi fino a quando risulterà impossibile partire. Mio fratello è bello, biondo e incline ai toni drammatici. Non posso che dargli ragione.

Non ha, Pierino, calcolato che il capostazione di Giarole è un piemontese diffidente e lungimirante; e se lascia che si riprenda la sua bicicletta, per il resto dei bagagli, senza ordini superiori, lui non ferma niente. E intanto che Pierino fila via pedalando veloce sulla sua Wolsit argento, il vento nei capelli, manda un ragazzo a Mirabello a informarsi su cosa deve fare. Nella concitazione del momento, mentre papà dichiara che comunque quella sera si parte, la mamma fuori di sé per l'agitazione pretende che le dica dove è Pierino. «Io non faccio la spia!» *Non fare la spia* è lo scheletro della mia anima, appartiene alle viscere del mio codice etico: come puoi pensare che ti dica dov'è Pierino? La mano della mamma mi colpisce in pieno sul viso, la guancia brucia per il colpo e l'onta, io scappo furente su per le scale.

Ma prima che scenda il crepuscolo, Pierino è ricomparso su per il viale dove divampa il bianco e il lilla delle settembrine: ha fame, l'uva con cui pensava di nutrirsi non c'è più, dai tralci pendono solo le foglie perché i contadini hanno anticipato la vendemmia, nel timore di essere preceduti dai soldati della Wehrmacht. E mentre l'oro del tramonto irraggia il dolce profilo delle colline montiamo tutti su una specie di diligenza, un veicolo mai visto prima, di un marrone che stinge nel violetto e le tendine giallognole per proteggerlo dagli sguardi e dalla polvere. Ho già dimenticato lo schiaffo e mi sento in un viaggio avventuroso come capita nei romanzi della biblioteca Salani.

Purtroppo, dopo neanche mezz'ora, l'insolito veicolo ci deposita a Giarole dove saliamo sul treno fino a Alessandria, e lì di nuovo su un altro treno ancora, diretto a Torino-Porta Nuova. In quest'ultima tappa la confusione è pari alla gente stipata sui vagoni, la linea Genova-Livorno è fuori uso per le bombe e fra sbuffi acri di fumo una incerta locomotiva si avvia trascinandoci lentamente nella notte in direzione di Firenze. A Roma arriveremo solo il giorno dopo alle due del pomeriggio. Più o meno ventiquattro ore di viaggio. Ma siamo stati molto fortunati dice papà, il nostro è stato uno degli ultimi treni a non essere mitragliato: dagli anglo-americani di cui stiamo per diventare cobelligeranti ma che, per il governo resuscitato da Mussolini, continuano a restare irriducibili nemici. In realtà saranno i nostri liberatori, nonché conquistatori.

È una storia composta solo di gesti dove le parole prive di suono affondano nel vuoto. E il desiderio resta incolmabile, infantile e adulto insieme quasi appartenessero, quei gesti, a una bambina ma anche al suo contrario. Una bambina solitaria e affamata di gratificazione e una adulta esperta, disincantata. Perfino gli odori sono onde che vanno e vengono portando tenerezza e tenebra, le narici li inseguono come se segnassero una pista nella quale orientarsi in questa foresta di silenzio.

Ma può anche essere che il segreto sia necessario perché nessuno sguardo corrompa la mia storia. Che potrebbe essere quella del ranocchio che pretende di sedere a tavola con la figlia del Re e le saltella dietro goffo e petulante perché vuole che gli venga mante-

nuta la promessa fatta in un momento di sventatezza, quando la palla d'oro è caduta nella fontana e la principessa si disperava e batteva i piedi dalla rabbia, e per riaverla, quella palla, avrebbe promesso in quel momento qualunque cosa, sì, anche al ranocchio di mangiare nel suo piatto. Ma una volta seduta accanto al Re suo padre se ne è già dimenticata e tira via lo strascico perché quell'animalaccio verde non ci si arrampichi su.

In realtà mi è insopportabile una cancellazione così totale. Mi umilia. Odio la mia sottomissione. Vorrei pretendere quello che mi è stato promesso e saltare sul tavolo, allacciarmi il tovagliolo intorno al mio collo di ranocchio.

Perché l'assenza di parole può anche trasformarsi in dolore, così era, papà, quando la sera tornavi dall'ufficio e andavi a sederti accanto alla scrivania sempre bene ordinata di Teresa, allungando stanco le gambe. Io dall'altra parte della stanza vi guardavo e venivo assalita da una gelosia sorda: perché sempre da lei? Quasi subito mi alzavo facendo stridere la sedia e ficcavo alla meglio il mio sgangherato campionario scolastico nella cartella dalle cerniere rotte. Una cartella di tela grigia che aveva visto di tutto; poi me ne andavo lasciando la porta aperta perché sentissi che canticchiavo indifferente. Tu mi rimproveravi di studiare poco ma alla fine i voti sulla pagella stupivano anche te (non quello in condotta, quello ti faceva sempre storcere la bocca). "Potrebbe fare di più" c'era scritto ogni volta nella nota in basso. Questo lo sapevamo tutti e due, ma io non volevo fare di più. *Tanto c'era già Teresa a darti tutte le soddisfazioni possibili, compresa quella del nastro azzurro di Figlia di Maria. Un nastro che codificava l'appartenenza alla quasi perfezione: la medaglia di latta con l'immagine della Vergine Assunta in Cielo che ballonzolava sul petto stretto nelle pieghe della divisa.*

L'inverno dell'occupazione tedesca ho dodici anni. Su mia richiesta il professor Sederol mi tira per i piedi mentre, distesa in terra, mi afferro con tutte e due le mani ai tubi del termosifone: voglio diventare, il più rapidamente possibile, alta come le mie sorelle. In un mese cresco di cinque centimetri; ma i litigi a tavola per le patate diventano urla perché essendo io l'ultima a essere servita, intanto che il piatto di portata passa da uno all'altro, le vedo ridursi sempre di più. Ho i geloni, mi gonfiano duri e rossi le dita delle mani ma anche quelle dei piedi e la notte li gratto furiosamente sotto le coperte. Il turbante scivola sul viso smagrito della signora Olteanu, lei vive in un istituto di suore in Prati e mangia quasi solo foglie d'insalata. Quando il pomeriggio c'è il sole andiamo a passeggio lungo via Salaria nel tratto che costeggia il muro di cinta di Villa Savoia dove è appeso il bando, firmato dal feldmaresciallo Kesselring, che minaccia di morte chiunque si rifiuti di combattere per la Repubblica Sociale. Noi dovremmo parlare in tedesco ma per tacito accordo conversiamo in francese. E nel rumore dei nostri passi sul marciapiede, il battito di ali di qualche uccello che si alza in volo dal giardino di Villa Savoia, dimentico allora il bando di Kesselring, i geloni, la scarsità di patate, per ascoltare incantata i racconti sulla sua giovinezza lungo le rive fosforescenti del Bosforo, quando suo padre era diplomatico presso l'Impero Ottomano.

Quasi ogni mattina tra le undici e mezzogiorno arriva il breve uragano delle bombe. Dura poco, solo una sventagliata. Ma non c'è scampo, se capita, capita. È solo questione di fortuna. Quel frastuono assordante che sembra nascere come un getto di lava dalla terra, lo conosco ormai bene, non lo precede neanche più l'ululato della sirena. Se sono ancora a scuola mi metto nel vano della porta perché ho letto da qualche parte che ci si ripara meglio sotto le arcate, e le mie compagne ridono di me. Ma se sono per strada pianto tutti in asso e corro, corro fino alla guardiola di cemento davanti alla villa di Badoglio per ripararmi dentro, esausta. E se ho ancora fiato, con un ultimo balzo, arrivo al portone di casa per scendere precipitosamente nel rifugio in cantina, da sola. Non riesco ad accettare la fatalità come gli altri. Io ho paura, una paura dannata.

Ma né i geloni né la fame o le bombe riescono a sopraffare la magnitudine di questa nuova stagione di anarchia. Godo di una libertà pressoché sconfinata. La scuola è ridotta a due, tre ore massimo la mattina, dopo è "tana libera tutti". Nessuno mi controlla, sono troppe le preoccupazioni per la sopravvivenza quotidiana perché qualcuno si chieda come impiego il mio tempo. Non mi lavo, tanto l'acqua scarseggia e quella dell'unico scaldabagno non è minimamente ipotizzabile che venga consumata da me. Ma neanche mi spoglio, e la sera infilo il pigiama sopra la sottoveste per poi fare più in fretta la mattina a rivestirmi. Appena torno da scuola, in un'euforia liberatoria, lancio la mia cartella lungo il corridoio o la prendo a calci, la tela scivola meravigliosamente sul marmo e ci vuole poco a rompere tutte e due le cerniere, i libri sbrindellati che si sparpagliano intorno. Gioco per strada o nel "boschetto", un prato incolto che divide via di Villa Grazioli da via Bruxelles, fino all'ora del coprifuoco. Ho una nuova amica: Gabriella. Lei colmerà con poche battute i vuoti rimasti come denti mancanti nelle mie nozioni sessuali. Ha un occhio storto e non si sa mai dove guardi, è piena di inventiva e ci rincorriamo per casa grugnendo come maiali. È tarchiata e ha i polpacci a prosciutto. Per strada i frettolosi e sfortunati passanti subiscono i nostri scherzi più idioti, dall'urtarli violentemente fingendo di non averli visti, all'assalirli con l'ombrello aperto e tenuto basso a modo di scudo, e al loro soprassalto scappiamo via pronunciando frasi insensate. Sputiamo dalla finestra della mia camera cercando di centrare la testa di chi ha la sventura di transitarci sotto o di fermarsi davanti al portone. Andiamo in due sulla bicicletta di Gabriella eseguendo le manovre più spericolate con esiti rovinosi sull'asfalto, e le mie ginocchia sanguinano di continuo. Non posso neanche ricorrere alla mamma perché l'unico risultato sarebbe il divieto di uscire con la mia nuova amica; così mi medico alla meglio e cerco di non zoppicare.

Questo sarà anche l'inverno del borotalco. Quando scatta il coprifuoco papà indossa una vecchia vestaglia rosa della mamma e ci chiama tutti a raccolta nel vasto stanzone destinato, in futuro, a diventare un secondo ingresso. Qui, sul lungo tavolo rettangolare al centro, aspettano le pile dei fogli che dobbiamo spalmare di talco. Per non collaborare con i tedeschi papà ha infatti chiuso l'ufficio e impiega adesso buona parte del suo tempo nel bene-rifugio dei francobolli. Tutti noi dobbiamo collaborare e infilare chi un vecchio grembiule di Letizia, chi lo spolverino estivo da autista, o ancora il camice bianco indossato dalla mamma quando Pierino aveva la difterite, e immergere il nostro batuffolo nel grande barattolo piazzato in mezzo al tavolo, pieno della volatile polvere bianca con cui venivamo spolverati bambini dopo il bagno. E poi passarlo sul retro dei fogli, uno per uno, dove si allineano gli innumerevoli quadratini da dieci, quindici, venti, cinquanta centesimi. Una lira. Altrimenti l'umidità, incollando fra loro i francobolli, distruggerebbe il bene-rifugio (cosa che in parte accadrà). Al crepuscolo i fogli sbucano simili a una invasione di locuste, e appena esaurita una pila, ecco che ne arriva subito un'altra. Se tento di sgusciare via con le mie pantofole e i miei geloni, immediatamente la voce di papà mi richiama all'ordine: il talco è dappertutto, sui capelli, sulla pelle, in bocca. Sulla vecchia vestaglia rosa e il grembiule a quadrettini di Letizia, sul vecchio spolverino beige di Francesco, sulla miriade di testine del nostro Re che variano dal verde pisello all'azzurro, al viola carico. Sul volto romanamente stilizzato dell'Italia con la corona in testa. Non ricordo francobolli con la testa del Duce. Perché inadatti in futuro a essere venduti? Per una questione ideologica? La sera muore in una nuvola bianca di talco, fino al suono liberatorio del gong che ci chiama a cena.

Più tardi, una volta avidamente mangiata la minestrina e l'uovo alla coque, e aver seguito con ansia il percorso delle patate, vista la scarsità di risorse e il *periglio* del momento, veniamo radunati in camera della mamma per recitare il rosario. Gli occhi mi si chiudono dal sonno e con i gomiti appoggiati al grande letto matrimoniale seguo la lenta nenia delle ave marie che da Nazareth conducono a Betlemme e ancora a Gerusalemme passando per l'Egitto, e dopo salgono al Golgota percorrendo lente un "Mistero" dopo l'altro senza variazioni di suono, solo l'acuto dell'enunciazione iniziale. La luce è scarsa, io guardo la piccola Madonna di Lourdes sulla mensola in un angolo con il capo appena reclinato e le mani dischiuse ai lati del manto celeste, e non provo palpiti o giubilo, sofferenza o attesa di resurrezione. Qualche rara macchina sulla strada che fa sobbalzare un tombino di fogna.

Per fortuna di lì a poco lo sbarco degli alleati a Anzio renderà le notizie di radio Londra ogni sera più interessanti e non ci sarà più tempo per il rosario, io sgattaiolerò a letto senza farmi troppo notare attraverso le stanze avvolte da un silenzio surreale. Ho imparato a muovermi nel buio come i gatti ma può capitare che inciampi e il fracasso allora si ripercuote in un boato fino al piano di sopra. «Che succede?» urla qualcuno dall'alto. «Niente, niente, non ho rotto niente!» urlo a mia volta, la borsa dell'acqua calda, segnata dai tondi delle toppe, stretta al petto. L'acqua è quella che è servita a bollire i cavoli e puzza, puzza perfino la gomma che la contiene. A un certo punto nulla sarà più in grado di frenarne il degrado e il confortevole sacchetto si abbandonerà come una vecchia baldracca inondando le lenzuola. Verrà sostituita da un contenitore di latta dove se l'acqua è troppo calda scotta i piedi, se non lo è abbastanza i piedi ci si avvinghiano alla disperata ricerca di un poco di conforto. Dura, ostile, quella specie di pentola resterà sorda a ogni mia richiesta.

A volte nella notte, a seconda del vento, arriva il tonfo sordo dei cannoni che sparano ad Anzio: rannicchiata sotto le coperte tendo allora l'orecchio a quel tam tam lontano che annuncia un futuro di cibo e di tepore. Dove, Anzio? Dove, quei nomi che papà ascolta con la testa quasi ficcata nella radio, scanditi come se Cisterna e Campoleone fossero New York o Parigi?

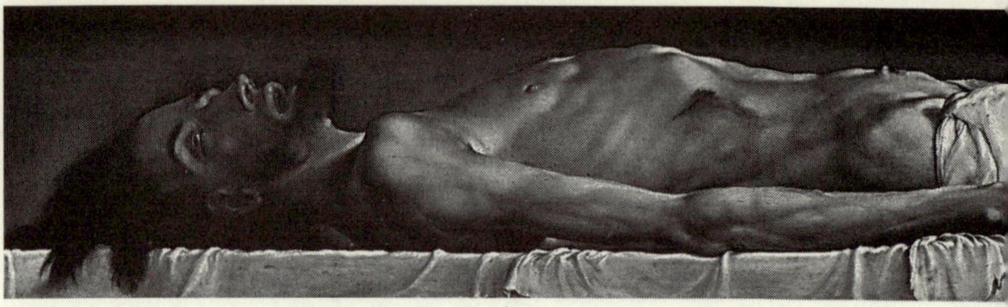

Il pomeriggio del 25 marzo 1944 siedo accanto alla signora Olteanu al centro della nostra stanza-studio. Due giorni prima, il 23, c'è stato un attentato a via Rasella dove sono rimasti uccisi 32 soldati tedeschi. La signora Olteanu sta leggendo il mio compito di italiano, gli occhiali sul naso. Una "cronaca", si chiama così il breve resoconto di una pagina, una pagina e mezza, dove dobbiamo raccontare qualcosa che ci è capitato. Bisogna scriverne almeno una a settimana, io ne scrivo anche tre o quattro e naturalmente mi invento tutto perché le mie giornate sono sempre uguali. Alla signora Olteanu piace leggerle e commentarle con me. Luisa e Teresa stanno facendo a loro volta i compiti sedute ai loro tavoli che, diversamente dal mio, hanno l'aspetto di vere scrivanie corredate come sono di ripiani dove si impilano in ordine i quaderni e i libri foderati di carta blu. A un tratto papà apre la porta: ha in mano l'edizione serale del Giornale d'Ita-

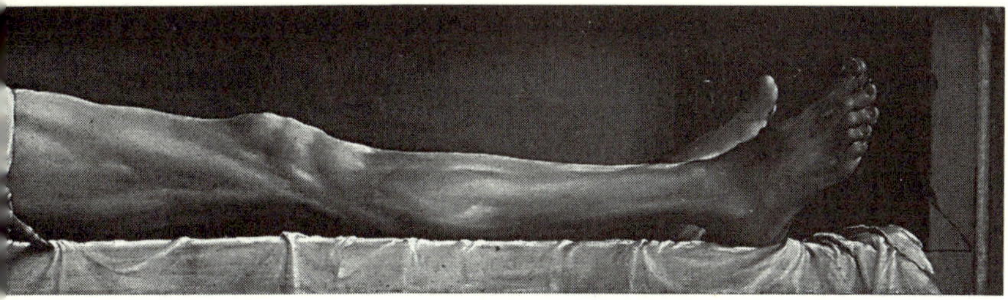

lia ridotta ormai a solo due pagine. 320 dice. Ne hanno ammazzati 320. Le mie sorelle si girano sulla sedia mentre il quaderno con la mia "cronaca" scivola in grembo alla signora Olteanu. La sentenza è già stata eseguita, dice ancora papà. Io annuisco ma non percepisco. Sul balcone del palazzo accanto è comparso adesso quello che noi chiamiamo il "pastorello di Cutania", un ragazzo alto e bruno venuto ad abitare da qualche mese l'appartamento di fronte alla finestra del nostro studio. Ha un cognome russo e una madre grassissima. Come è strana questa stagione di orrori, la frase *la sentenza è già stata eseguita* si iscrive adesso in quel sole che scivola sul travertino del balcone di fronte, sulla figura un poco enigmatica del "pastorello di Cutania". Nelle caviglie gonfie della signora Olteanu, strette nelle scarpe logorate dall'uso. Io sono abituata ai morti, a migliaia di morti. Quei 320 non mi scalfiscono più di tanto, e quando papà esce dalla stanza annuisco distratta: «320 ha detto, sì, dieci per ogni tedesco ucciso...» (saranno poi in realtà 335). Sto bene con la signora Olteanu, non mi dice mai lavati le mani, vai a pettinarti, hai fatto i compiti ma mi descrive le notti sul Bosforo dove è nata la sua grande passione per la musica, quando adolescente ascoltava la voce del muezzin che si propagava in onde d'argento nel silenzio delle stelle. E l'altra, del cuore, dal disegno nebuloso dove affiorano le grandi ali dei velieri gonfi di luce lungo le rive del Corno d'Oro mentre l'odore del mirto accarezza la pelle.

Ma adesso non ci sono spartiti o feltro tolto con autorità dai tasti, piedi che premono con forza sui pedali, lei sembra diventata più piccola e il fuoco dello sguardo è spento fra le palpebre mentre quei 320 sconosciuti non producono alcun suono, sospesi come sono nel vuoto. Incapaci di dissolversi insieme agli innumerevoli altri morti di questa guerra atroce, continueranno a cavalcare il Tempo come i quattro cavalieri dell'Apocalisse.

Sei malato, tutto è azzurro e gli occhi pungono sempre un poco cattivi (non mi guardare con quegli occhi a spillo aveva detto a Peppe un ragazzino vestito da boy scout, un secolo fa). Concedi il tuo favore con grazia e la malattia è un manto regale, i capelli appena a cresta una corona. Ma poi il giorno dopo l'immagine si capovolge, ogni attesa ha in risposta il suo opposto, l'insofferenza è rabbiosa, punitiva. Frappone una distanza come le Sette Montagne e i Sette Mari. Sempre mi tornano in mente le favole con il loro doppio, io mi sono persa nel bosco e le briciole che ho lasciato cadere per segnare il sentiero se le sono mangiate gli uccelli, io non ho più alcun punto di riferimento e forse adesso il lupo che è in te farà di me un solo boccone.

Avrei dovuto essere più guardinga. Non dimenticare Gina e la tazzina verde di celluloide. I due occhi di latta della valigia nel corridoio. Ricordarmi delle bambole che avevamo trovato nel vecchio baule in soffitta a Mirabello e gridando per la meraviglia le avevamo portate giù per le scale, saltando i gradini a due a due. Bambole dal viso immacolato di porcellana, una bionda e una bruna, sopravvissute ai ragni e alle tarme, ai topi, a due guerre coloniali e due mondiali. Intatte, le braccia candide e levigate, i boccoli fini dei capelli legati da un nastro e gli occhi lucenti nello sbattere lieve delle palpebre. Solo i vestiti di mussola rigidi e giallastri tradivano il tempo, ma per il mira-

colo della loro rinascita sarebbe bastato sfilarglieli. Con ago e filo gliene avremmo cucito uno degno di loro, nessuna altra avrebbe retto al confronto. Così quando ci avevano ordinato di riportarle subito in soffitta dove le avevamo prese, Pierino, al momento di riadagiarle nel loro baule-sarcofago, in uno scatto di rabbia le aveva scaraventate dalla finestra a livello delle assi del pavimento. Un volo di venti metri: gli occhi sognanti di vetro, quelle braccia con le fossette al gomito, le labbra dischiuse sui dentini e la curva rosea delle guance, tutto era andato in pezzi sull'ammattonato, uno spettacolo orribile. Una scena da mattatoio, anche se di sangue non ce n'era nemmeno una goccia.

I tedeschi hanno appena lasciato Roma nel rombo dei loro camion, l'elmetto calato sugli occhi e il mitra fra le gambe. Anche gli uomini, sbucati come topi per razziare tutto il possibile dalla caserma appena abbandonata, hanno caracollato via veloci sotto il peso di tavoli, seggiole, cessi e lavandini smontati con la destrezza di giocolieri (nell'orto di quella caserma avevamo visto, in un pomeriggio ventoso di marzo, seppellire un soldato; e il suo elmetto appeso alla croce). Perfino le cicale sui pini hanno smesso adesso di vibrare le ali.

Il sole al crepuscolo è limpido, intenso, scivola trionfante tra le foglie dei platani macchiando in larghe chiazze il marciapiede. Affacciate a una delle larghe finestre che danno su via di Villa Grazioli noi guardiamo la strada vuota dove la guerra è adesso un pallone aerostatico in attesa del vento. Insieme a noi c'è un'amica che non ha fatto in tempo a tornare a casa. Ha un buco in una coscia, una ferita ancora fresca di quando al suono dell'allarme si è sporta a guardare in su e ha visto tre puntini in cielo, tre bombe che in un attimo hanno polverizzato il villino di fronte facendole crollare addosso la parete della sua stanza.

Ma a un tratto questo nuovo silenzio da eclissi è rotto dal battere di scarponi sull'asfalto: sono ancora e sempre loro, i tedeschi. Non hanno più né mitra né elmetti, solo sudore e fatica e passano sotto il nostro sguardo improvvisamente umani per quelle bende insanguinate nel biondo dei capelli, le giacche di tela segnate da chissà quali battaglie. Forse si sono persi, forse no, forse cercano solo una via di salvezza, basta sangue, basta uccidere. Uno regge una carta topografica tutta spiegazzata, e con quella in mano vanno su e giù lungo il glicine che trabocca dolcemente viola dal muro di cinta della villa di Badoglio, il battere degli scarponi che si dilata in questa ora fra cane e lupo.

Poi come sono arrivati, spariscono. Sono spariti anche gli uccelli. Non so quanto tempo è passato, poteva essere un'ora, o di più, o addirittura la mattina dopo quando un boato spaventoso ha squassato l'aria, i vetri sono diventati canne d'organo gementi mentre gli uccelli, acquattati fra i rami, sono schizzati in alto come fuochi d'artificio. Qualcuno grida, ci chiama a vedere quello che è successo nella caserma alle nostre spalle: là dove un tempo c'era il vecchio convento adesso blocchi di muro rotolano con fragore, sono onde in piena che travolgono l'orto, la tomba del soldato e il suo elmetto appeso alla croce mentre la nube spessa di calcinacci si leva sempre più in alto fino a sfiorare le cime dei pini. E quando lentamente si dirada sulle pareti squarciate emergono delle gigantesche ragazze nude, i ciuffi neri del pube disegnati con la matita carbone. Una soprattutto: è accosciata di traverso e i capelli scendono, nel prorompere dei seni, in larghe onde sui tondi scuri dei capezzoli.

Lì resterà fino a quando le piogge dell'autunno non se la porteranno via lasciando solo qualche sbavatura più scura fra le crepe del muro. A memoria dei soldati del Terzo Reich che dalle finestre aperte, mentre già il fronte aveva ceduto a Cassino, vedevamo battere a macchina e trafficare con le scartoffie (*Buonasera amore* aveva detto una sera la sentinella alla mamma che passava lungo il marciapiede, le due piume rosse del cappellino agitate dalla fretta).

Noi finalmente mangeremo. Tutto quello che esce dai tascapane di tela grezza targati U.S.A., tutto appetibile, e digeribile si spera, dalla minestra di farina di piselli alle patate disidratate simili a foglietti di carta. Il cucchiaio affonderà nei barattoli di latte condensato Carnation, e ne leccheremo poi ancora con cura il coperchio. Canteremo *Rosamunda*; la paura e l'orrore avvoltolate in fondo alla memoria tra un gomitolo di lana celeste e un piccolo mefisto blu da bambina.

Sta per cominciare la giornata delle giornate, l'unica e irripetibile. Abbiamo perso la guerra, siamo poveri e maleodoranti, senza più acqua né luce, ma Dio nel suo fulgore, o il generale Clark che ne ha preso il posto, ci regalano questa giornata da nababbi. Il cuore puro e la memoria vergine. La mente, una carta assorbente di immacolato candore. Il frastuono dei tanks sale adesso da viale Liegi in un tripudio di macchie di sole mentre arrampicati in cima, lunghi e dinoccolati, i soldati del nuovo tempo lanciano dall'alto i loro doni come coriandoli, gli elmetti ancora coperti di frasche e gli occhi rossi di stanchezza. Gli stivaletti incrostati di terra. Ubriache di fratellanza noi siamo pronte a stringere le loro dita ruvide di battaglie e a mescolare sudore e saliva. Ad afferrare al volo qualsiasi cosa ci venga lanciata dall'alto, ma soprattutto quei mattoncini duri e scuri che, miracolo supremo, si squagliano in bocca come burro.

Dio, il cioccolato! Se lo avessero scoperto i Greci ne avrebbero fatto un mito come Narciso.

Nel caldo soffocante di un'estate senza respiro si sono sciolti i lacci che si avvitavano al cuore, io sono sgusciata fuori da un male antico come quei pesci che sbucano dagli anfratti sotto la grotta di Tiberio. Li guardo attraverso il vetro della maschera: in questa piccola riserva naturale si ammassano come profughi e la mia presenza non li turba, solo qualcuno a tratti guizza più veloce. Una scia di salpe passa sotto di me intercettando il sole che scintilla in superficie. Mai viste tante. Ne conto venti, trenta, poi smetto, sono forse centinaia. Dall'alto le accompagno lungo le roc-

ce mentre navigano tranquille, le piccole e stupide bavose che assistono immobili sul fondo di sabbia. Alcune spigole sbucano improvvise; e subito slittano via lucenti dove il mare si fa più profondo. Le seguono lenti i grandi saraghi dal collare nero in lampi lunghi d'argento. E ci sono, sì, ci sono anche loro, le microdeità della mia prima educazione sottomarina. Frammenti magici di un blu elettrico, quasi viola, sospesi fra la sabbia e gli scogli: si muovono senza mai spostarsi e il loro colore non assomiglia a nessun altro e così la loro dimensione, infinitesima e suprema. Intangibile come è giusto che sia per gli Dei. Sono loro a guarire le ore interminabili del mio nulla, io stupida e inerme nell'identico copione, identiche le parole che girano in tondo: no Signore non è il cocchio/bensì un cerchio del mio cuore/ che era immerso in gran dolore/ quando dentro alla fontana/ tramutato foste in rana.

E mentre quei frammenti magici, di un blu-viola che non ha paragoni, agitano appena il loro corpo di minuscoli pesci, in un lembo di mare che è poco più di una toppa nel grande bailamme del litorale, a un

tratto il mio male di infanzia e di vecchiaia, un male che ha afferrato i due lembi per strizzarli insieme, molla la presa. Come una noce si spacca a metà: a Cesare quel che è di Cesare, a Dio quel che è di Dio.

Il jazz nella grande piazza la sera ha spalmato le sue note su quanto restava del dolore nel vecchio adagio della musica come terapia. Là sul palco, dove i proiettori convergono simili a un fuoco incrociato, si agita uno che ho conosciuto bambino mentre un discreto numero di villeggianti, sfiancati dal caldo della giornata, è pronto a battergli le mani. Siedono, i villeggianti, sulle seggiole di plastica bianca disposte a semicerchio e la luna in fase decrescente gli disegna intorno l'ombra striminzita di alcuni olivi a cui l'aiuola dove li hanno trapiantati, non piace. Accecato dai proiettori, il ragazzo non più ragazzo con gli occhialini e un inizio di calvizie, dà il meglio di sé fra il luccicare degli strumenti. E anche se quello che va di più è oggi il Britpop degli Oasis o la Blackmusic dei 50 Cent, lui suona mirabilmente il jazz dei suoi antenati: Louis Armstrong e Cole Porter, Dizzy Gillespie. Charlie Parker.

Quello dei primi dischi arrivati con gli americani alla fine della guerra, dischi grandi e stranamente molli. A ghost of a chance, Jazz me blues, *ma anche la voce aspra di Ella Fitzgerald in* Cheek to cheek *e*

Summertime. *Che straordinaria scoperta dopo Rabagliati e il Trio Lescano! Al centro la scritta era rossa su un cerchio bianco e la mano dalle unghie ben disegnate, una mano calda che si sarebbe intrecciata alla mia per un tratto tanto importante della vita, pronta a reggermi forte nel momento che la corrente stava per travolgermi, lo metteva sul giradischi. Ventuno anni, diciotto io. Il disco cominciava a girare e si accendeva il fuoco pirotecnico di contrabbassi e trombe, sassofoni, batterie, clarinetti, tube, tromboni... Fantastico!*

Ma il nostro impercettibile passaggio sulla terra di cui restano solo frammenti, mi sembra a volte, ma solo a volte, che avendo noi la facoltà di immaginare i miliardi di esistenze dalla preistoria fino ai nostri giorni, ne viviamo, in realtà, di vite, un numero sterminato. Fino a proiettarci, come astronauti, nell'eternità.

ILLUSTRAZIONI

Finito di stampare nel mese di marzo 2009 presso
la Grafica Veneta - Via Malcanton, 2 - Trebaseleghe PD

Printed in Italy